黑色地平線

潘壘 著

總序

無擾為靜，單純最美

宋政坤

記得三十年前大二那年暑假，我一個人待在陽明山，窩在學校附近的宿舍裏——避暑、看書、打球，日子過得好不愜意。那時候我瘋狂的迷上讀小說，其中最喜歡且印象最深刻的就是潘壘寫的《魔鬼樹——孽子三部曲》、《靜靜的紅河》（以上皆聯經出版）。那年暑假我糾結在潘壘筆下小說人物的內心世界裏，山與海彷彿都充滿著熱與火，劇情結構好像電影，有鏡頭、有風景，愛恨糾纏，直叫人熱血澎湃。那是我年輕時代裏最美好的一個暑假，此後就再也沒有過。總覺得那年暑假帶走我少年時最後一個夏季！那段山上讀書無憂無慮的日子，在我記憶裏總是如此深刻。

之後幾年，我一直很納悶，像潘壘這樣一位優秀的小說家，怎麼會突然就銷聲匿跡似的，再也不見蹤影？難道他已經江郎才盡？或者他早已「棄文從影」？又或者是重返故鄉，至此消逝於天涯？我抱持這樣的疑惑，直到真正遇見他本人。

那是十年前（二〇〇四年）某天下午，《野風雜誌》創辦人師範先生，很意外地帶著一位看起來精神矍鑠的長輩造訪秀威公司。當他們突然出現在辦公室時，我一時還真有點手無足措，當時我正和幾位同仁開會，小小的辦公室擠不下更多的人，開會的同仁們見狀一哄而散。我一得知坐在師範身旁的就是作家潘壘時，當下真是驚訝到說不出話來，不是矯情，真正是恍然如夢。因為有太多年了，我幾乎再也沒有聽過潘壘的消息；就像已經有太多年了，我幾乎忘掉那一個青春的盛夏！

我們好像連客套的問候都還沒開始，潘壘先生就急著問我是否有可能重新出版他的作品，而且如果能夠的話，他想出版一整套完整的作品全集。我當時才確認，潘壘八〇年代以後再也沒有新作問世。他突然丟出這個難題，我一時竟答不出話來，想到這套作品至少有上百萬字，全部需要重新打字、編校、排版、設計，這無疑將會是一筆龐大的支出，以當時公司草創初期的困窘，我實在沒有太多勇氣敢答應。對於這麼一位曾經在我年輕時十分推崇而著迷的作家，竟是在這樣一個場合下碰面，我實在感到十分難堪。在無力承諾完成託付的當下，我偷偷地瞥他一眼，見他流露出一抹失落的眼神，老實說，我心情非常難過，甚至於有一種羞愧的感覺。這件事、這種遺憾，我很少跟別人說，卻始終一直放在心上，直到去年。

去年，在一次很偶然的機會裏，我得知國家電影資料館即將出版《不枉此生——潘壘回憶錄》（左桂芳編著），秀威公司很榮幸能夠從中協助，在過程中我告訴編輯，希望能夠主動告知潘壘先生，秀威願意替他完成當年未竟的夢想，這次一定會克服困難，不計代價，全力完成《潘壘全集》的重新出版。對我來說，多年的遺憾終能放下，心中真有一股說不出來的喜悅。作為一個曾經熱愛文藝的青年，已屆中年後卻仍有機會為自己敬愛的作家做一些事，這真是一種榮耀，我衷心感謝這樣的機會，這就像是年輕時聽過的優美歌曲，讓它重新有機會在另一個年輕的山谷中幽幽響起，那不正是我們對這個世界的傳承與愛嗎？

最後，我要感謝《潘壘全集》的催生者師範先生，感謝他不斷給予我這後生晚輩的鼓勵與提攜；同時也要感謝《文訊雜誌》社長封德屏女士，感謝她為我們這個時代的文學記憶保存許多珍貴的資料；當然，本全集的執行編輯林泰宏先生，在潘壘生活的安養院裏花了許多時間跟他老人家面對面訪談，多次往返奔波，詳細紀錄溝通，在此一併致謝。

無擾為靜，單純最美。當繁華落盡，我們要珍惜那個沒有虛華、沒有吹捧，最純粹也最靜美的心靈角落。當潘壘的生命來到一個不再被庸俗干擾的安靜之境，當他的作品只緩緩沉澱在讀者單純閱讀的喜悅中，我想，一個不會被忘記的靈魂，無論他的身分是「作家」，或是「導演」，都將永遠活在人們的心中。

謹以此再次向潘壘先生致敬！

二〇一四年八月一日

目次

一

如果挑剔一點的話，像上魏這樣的地頭就不配叫做「鎮」，它只是一個比較像樣的村子而已。說起來，這句話一點也不過份；凡是到過上魏的人，都有這種感覺。

像一個見不得世面的鄉巴佬似的，它躲在一座矮矮的松坡後面，一條年久失修的公路，順著鐵道從它的身邊爬過，在那些翻了土的田地上頭，老是壓滿了灰沉沉的雲塊，這個見不得世面的鄉巴佬，就像是生怕有禍事臨頭似的，靜靜的窩在哪兒，給一排細長的白樺樹遮著。從鎮北頭到鎮南頭，只有一條——只有那麼一條彎彎曲曲的大街。就因為只有一條，所以連街的名字也給省了。鄉下人什麼都不怕，就怕記城裡的什麼街名；他們只要伸出那粗黑的手指，向那個方向指點指點就成了。

說起這條街，可真是又髒又窄，當中舖著兩路青石板，石板上全起了凹槽，那些手推的獨輪雞公車就順著那些凹槽，吱吱格格的走。有些時候想拐彎呀怎麼的，還得費些功夫才起得來。街兩傍，擠著兩排黑漆馬污的土屋，一家高，一家矮；雖然也雜著幾家瓦房，可是，越這樣就越發顯得別的那些房子破落。總之，上魏鎮小得蠻可憐的就是了。

要是撇開鎮外松坡前面的火車站，跟鎮背後的那座煤山，那麼上魏就沒有什麼值得可提的了。其實，除了貨車，和那種叫做「垃圾車」的三等慢車，快車是從來不會在這個小站上停下來的。要不是為了省城開出的早班車要讓軌，在這個地方設站就未免有點多餘了。至於背後的那座煤山，倒的確是個值得炫耀的地方。它離開鎮上約莫三四里路。那一帶的山地和旱田，都是龍頭拐包家的產業，所以上魏人都叫它做「包家屯」，或者就直直截截的叫「煤山」。不過在抗戰勝利以後，包家屯這個名字已經不太響亮了，理由麼？說不上。只是大家像是忌諱什麼似的，有點不耐煩叫就是了。

如果要想追究開發這座煤山的歷史，那麼連全鎮年紀最大的丁老秀才也有點摸不清頭，說到後來，他只好糊裡糊塗的推上一代。在這種時候，他總是捋捋那幾根乾茅草似的山羊鬍，搖搖手上那捍擦得雪亮的白銅水煙袋，然後又清清喉嚨，晃頭晃腦地說：

「唉……這個麼，唔，大概：大清朝——哦，對了，你們知道煤山口為啥叫龍頭拐吓？」。他有點賣弄地頓了頓，咂咂嘴，然後接著說：「龍頭拐者，真龍——咳，所謂真龍也者，天子之謂也…這年頭，是講啥民國，皇上也給——呃，那個囉！要不，也該放我丁某人個什麼官吓！」

後面的，那就用不著再聽了。

不過，有些人說；多少多少年以前，發過一次大水，水退之後就發現煤山；可是另一些人呢，就像是他親眼看見一樣，硬說煤山是一位茅山道士發現的……

關於這件事，你說你的，我說我的，那輩子也說不完。總之，每一個上魏人，都明白煤山跟他們是一種什麼關係。說開一點，那就是他們的祖先——幾乎都曾經在那漆黑的煤坑裡生活過，困苦勤儉地節省下幾個血汗錢，然後置些田產，再搬到鎮上來。當然，其中也有世世代代給埋在坑裡的。如他們所說：這些人都是「著鬼迷的」。要不然，怎麼會挖了幾十年，連棺材本兒也挖不出來。

就這樣；老的老，回鎮的回鎮，著鬼迷的著鬼迷——年紀輕的，一個跟著一個上煤山去。

「這是命！」他們老是愛說這句話。雖然他們不懂，可是他們相信，尤其是報應和輪迴；他們就憑著這種信仰活著。他們就這樣安安穩穩地走著祖先走過的路，就算有一天他們另開一條新路，也不過好像大街青石板上那些新起的凹槽一樣，永遠離不開那塊青石板，因為那塊青石板和他們都是永遠離不開上魏鎮；而上魏鎮，是永遠離不開這塊痲褐色土地的。

可是現在，年辰是變了，戰亂漸漸走進他們這種平凡沉靜的生活裡來。

於是，他們輕輕地嘆口氣。

「唉！這是那輩子作的孽吓！」

二

臘月底，這天是逢五的大場，由於時近歲尾，上魏鎮驟然熱鬧起來。那些跑村子的山東布販，將印著大紅桃花的包頭巾，細軟的小條子麻紗，暗花的絲綢，和各色各樣的花布，一段一段，整整齊齊地掛在竹架子上；還有那些賣糖食蜜餞的、賣火炮香燭的、賣鍍金首飾和洋貨的攤販，擁擠在大街兩旁的矮屋簷下面，只讓開一條小小的街心，給那些由附近村子趕來辦年貨的鄉巴佬們走過。張鐵匠隔壁的神卦鄧老頭，也照例寫些紅紙春聯掛出來。那些小娃兒跟在大人的後面哭叫著，那些鄉下人大聲地還價，批評著貨色，用最粗俗的字眼談他們的生意……

在直街的中腰，長慶酒樓也破例地坐滿了茶客。街坊上了年紀的老人們咬著旱煙桿，閒話年辰。還有些在慇戴地招待著外村來的親戚。掌壺的小么哥提著水壺，在那些客人的背後面擦過來，擦過去，直起嗓門吆喝；在店門口，那塊在簷下掛得端端正正的店招下面，靠著牆根橫著一個大灶，灶頂上掛看半條被柴煙燻得焦黑的金華火腿，幾片醃肉，和一隻已變了色，脖子拉得長長的風雞。那個肥胖而老實的當廚師傅在灶口忙著；提著鍋，熟練地耍著花樣，然後狠命敲起來。

鎮長劉餘慶在灶邊站了好些時候，他並沒有注意街集上的那些人，只是心不在焉地東瞅瞅，西望望：突然，他覺得自己的心緒很壞，簡直有點慌亂起來。

他今年已經五十出頭，為人謙和拘謹，有點畏縮；說起話來，也是陰聲細氣的，生怕觸犯了別人。論相貌，雖然說不上什麼大富大貴，但，還稱得上是個福相。他很瘦弱，這個年紀，背已有點弓了；頭髮灰白，而且很稀少，只遮蓋在後腦和耳根上，前額和那雙細小的眼角，有些細細的皺紋，唇上蓄著幾根鬍髭，一眼看去，就像個塾師或者帳房之類的人物。而現在，他是上魏的鎮長。勝利後，他一直連任下來，這並不是說他德高望重，或者有什麼了不起的才能，只不過別人都明白，上魏不是個有油水的地方，誰也沒有這份閒心去幹這個苦差使，於是街坊上三句兩句，便逼著他幹下來。

在他父親那一輩，跟龍頭拐包家太爺著實挨著一點親誼。而且這位連個舉人也舉不上的劉大爹——劉鎮長的父親一就在這位表舅帳房裡，一幹就幹了四十年，直至那年端五，他酒後中風癱了之後，才將這個位子讓給他的兒子；現在這家長慶酒樓，這幢瓦房，就是當時包家大爺給這位忠心的退休帳房先生養老的。那時，劉餘慶已經三十四歲。他的獨子大貴也有十歲了。因為他為人厚道，所以煤山上的窯工和包家的佃戶，都十分敬重他。因此，他一天總得被包家太爺咒上幾十回（現在他這種畏怯的個性，就是被咒出來的）。後來沒幾年，包家太爺去世了，可是他的兒子包大爺——

並不比他的父親更忠厚一點，平常作威作福；敵偽時期居然在省城維持會裡混了什麼委員之類的官銜，越加不可一世起來。那曉得好景不常，跟著抗戰勝利了，他一方面是漢奸，而且又犯了眾怒，在家裡躲了幾天，便神不知鬼不覺地單身溜走了。這位帳房先生一看情形不妙，也就將那些田契帳冊還給包家大奶，再回到鎮上來。那時舊的鎮長也逃了。縣裡派了位專員來選舉鎮長，於是，他便被街坊捧了出來。

記得是上任第三天的夜裡，長慶酒樓來了一位不速之客。那個人的年紀大概三十上下，穿著一套褪色的灰布軍服，走起路來，微微地拐著左腳；他的額角很底，頭髮幾乎壓著那兩條粗粗的眉毛，那下面，是一雙爬滿了血絲的牛眼；鼻樑矮矮的，使那生滿了酒刺的鼻子顯得有點做作地翻起來，張著兩個又黑又大的鼻孔；那一張嘴是令人生厭的，週圍和臉腮起了橫條的肌肉上長著粗粗的，很久沒有剃過的絡腮鬍子。見面之後，他不懷好意地衝著這位新任鎮長笑笑，然後大聲招呼道：

「劉——鎮長，」他點點頭。「你得意哇！」

「啊……」鎮長劉餘慶楞了一陣，這才猛然記起這個人就是那個「著鬼迷的」馬老五的兒子；不過馬老五死的時候，他才是個小伙子，幾年不見，已經變成一個結實的漢子了。於是，鎮定一下，他吶吶說：

「你是福，福根娃吓？」這漢子霎霎眼睛。

「改名了！」他不自然地回答：「現在我叫馬必正。」

「這些年你在哪兒發財呀？」咽了口吐沫，鎮長小心地問。

「操他婆娘的，他盤問起老子來了。」這個自稱為馬必正的漢子心裡咒起來。他只將那年離開煤山以後的情形，含糊地說了個大概，可沒有將那些不明不白的行徑，和被打跛了左腿的實情說出來。

「落葉歸根，在外頭混久了，也該回來瞧瞧，找些活幹幹呀！」結束了這段話，他斜睨著鎮長說：「我想在上魏混個什麼差使幹幹。」

「地頭小啊！」

「給我個自衞隊長——可成？」

向鎮長湊過臉，他諂媚地笑著說：

「啥？自衞隊長？」

他定定的注視著鎮長，點點頭。

「怕我作不了主啊……」躊躇一陣，劉鎮長為難地低聲回答。

馬必正的眉毛動了幾動，憤憤地叫道。

「操……」他幾乎罵了出來。「我不配當這個屌——自衛隊長嗎？再說，老子還是老本行！你說，上魏那個雜種曉得立正稍息是啥個樣的！」

「我……我沒意見嘛……」帳房先生退到後面的條凳上，坐下來。「呃，你是知道的，街坊上的事……」

「哼！街坊上！」馬必正乖戾地笑起來。驀地，他止住笑，陰陰地說：「街坊上怎麼不抬出丁老秀才？怎麼不抬出鄧老頭？而偏偏看上你呢？」

「……」

「不過……」他向在低著頭的劉鎮長湊過去，幾乎碰著他的鼻子，然後刁頑而帶有幾分威嚇地繼續說：「我說，我們的鎮長，你別忘了，包大——」他馬上改口，「那姓包的是個大漢奸，政府在抓他；你呢？是姓包手下的人，而且……」

他又停下來，得意地瞧著面色慘白的鎮長，出其不意地，他伸手指著他，嚴厲地說：

「姓包的還有多少錢落在你的手裡，你說！」

這位可憐的帳房先生勉強支撐起來，連耳根都漲紅了。他想：我劉餘慶一生就是怕做虧心事，在包家幹了十年帳房，有那一文錢沒頭沒尾，不清不白？現在他竟說：「有多少錢落在你的手裡！」

然而，他跟著又軟弱下來。

「誰叫包大爺當了漢奸呢！」，他喃喃地怨艾道。

橫了鎮長一眼，馬必正又乾澀地發出幾聲短笑。

「操他妹子的，這下子給老子猜中了。」他沉吟著。索性將那條被打跛了的左腿擱在條榥上，在枱角上坐下來，做出一種審問的姿勢，然後假情假意地說：

「有多少，說好了，反正我又不是外人！」

「——沒有！真的沒有！」劉鎮長急急地抬起頭，「我劉某人從來不撒謊……」

「哼……」馬必正輕蔑地從鼻管裡哼了一下。

「狗也不吃屎囉！」

「你要我賭咒？」

「狗屄的才相信這些！」

停了停，帳房先生深深地嘆了口氣，幾乎是哀求似地向他說。

「我…我說福根娃……」

「呃，記著！」他厭惡地截斷鎮長的話：「我早跟你說過，現在我叫馬必正——還娃呀娃的什麼！」

「嗯，必……必正兄，我說你不看我的面份，也該看看你爹的面份；你說，我劉某人那點虧待過你們，你爹著鬼迷的時候，棺材紙錠都是我來打點的吓——你……」說著，帳房先生蒙著哽咽起來。

「我操他十八代祖奶奶的，你看，這舅子！」馬必正自己咕嚕了一陣，然後憎惡地彈彈眼睛，有些不耐煩地說。

「好啦！好啦！別裝葱呀蒜的啦！孫子才給你端出神主牌來翻爛帳呢！從前的，我們不提，光說現在的。」

劉鎮長思索了一下，有點畏怯，又有點坦然地抬起頭。

「照你的意思呢？」

聽見對方這樣說，這位跛了腿的漢子突然慈悲起來。

「對了，你這樣，我還好意思強下去嗎？所謂魚幫水來水幫魚，你總得讓我找口飯吃吃啊。」頓了頓，他變換了一種狡猾的聲調：「如果說反臉話，我是無所謂，反正光桿一條——打光腳還怕穿鞋子的？」

「……」

眼看這一槓子敲得結實，馬必正笑著站起來。

「好！你仔細想想，我明天聽你回話。」說著，他隨即返身往外走。在門口，他又轉身補充著說：「怎麼說，這個自衛隊長我是當定了！」

三

這事情就像馬必正所預料的一樣，沒幾天，他便幹起自衛隊長來。起先，街坊上多少有點驚訝，可是很快的，對於這件事又不聞不問了；因為他們知道這傢伙是孤魂野鬼，誰惹著他誰就倒楣。犯不著。

由鎮上抽出幾十個自衛隊員之後，這位馬隊長顯然是威風起來。歸根結底，他到底是見過些世面，腦筋也著實比這些鄉巴佬靈活些。慢慢的、他的「鬼名堂」——上魏人說的——來了：什麼隊員的服裝，什麼修建自衛隊的隊部，還有什麼燈油費之類的雜捐，一次一次的向上魏人的頭上攤下來。其實，街坊上很清楚，建自衛隊部他撈了多少，買土槍又撈了多少；最近說是「冬防」，在鎮南頭和鎮北頭築了兩道木柵，那些青杉分明是他派人到前面松坡砍來的，鐵釘鐵碼張鐵匠應承奉送，結果呢，這個「挨刀的」卻開了個大價錢。

「銀子打的也沒有這麼貴嘛！」於是；上魏人抱怨起來。

可是，抱怨由你抱怨，攤下來的是非付不可，儘管那些人在他的背後咒他「拿去買藥吃」，甚至「拿去買棺材睏」。但，他就當沒聽見。簡單點說，他的涵養功夫是很到家的，他從來不會為這些著惱過，他依然拐著他的左腿，走他的路。

老賞說，最使上魏人痛恨的，倒不是這些；說起來，就得往上推上幾年。

那就是在他當自衛隊長的第二年，他忽然打起煤山的主意來。自從勝利後包大爺一走，煤山便自然而然地停頓下來，等候政府來接管。那曉得一等就等了一年，還毫無動靜；這位眼尖心快的馬隊長看準了這一著，就毫不客氣地動起手來。那天，他特意轉到劉鎮長的家裡，有意無意地漏出「點口風，然後偷偷地偵伺著帳房先生的神色。果然，這位老實人說了：

「必正兄，這個使……使不得吓！」

「怕啥？」

「這個山橫說豎說總是包家的呢。」

「他逃都逃個舅子的了，還怕他個屌！」

鎮長想了想，沉下聲音：

「你不是說政府要來封山的嗎？」

「你當政府真的沒有事情做了嗎？還來煩這個神呢！而且，姓包的不過是芝蔴那麼大的腳色，又不是汪主……呃，汪精衛，陳公博囉！」

「說是這樣說……」

馬隊長的眉毛動了動，低下嗓門問：

「怎麼樣，我們來合夥？」

「啊……不不，我不幹！」劉鎮長像是已經給他派定了似的，連忙搖著手，顫著聲音懇求道：「呃，大爺，我叫你祖宗老子都行，你，你別拖我。」

「操……！你怕啥？有什麼三長兩短的話，」馬隊長拉拉腰皮帶，拍拍胸口說：「——我來承當！」

「不！總之，我不來……」

「你別以為我非要拖你不成吓，」他惱起來，陰鬱地說：「我是好意，想挑你落幾文麼，你真不識好歹！」

「……」

看看劉鎮長不言語，馬隊長站起來。

「好！」他說：「既然不領我的情，也無所謂，不過，我幹起來之後，我說鎮——長……」他奸險地冷笑：「一切可得請你照應照應啊！」

跟他當自衛隊長那回事情一樣，沒幾天，馬必正從縣裡招來一百多從蘇北逃來的難民，帶到煤山上去。

這個消息使整個上魏騷亂起來。

「雜種的胃口倒不小哇！」

「這挨刀的命根子倒紮實呢！」

「唔，我看，包家總得站出來說幾句話吧？」

「我看不見得，自己身上有屎，自己總聞得出來的。」

「瞧著好了，遲早……」

你一言我一語，他們悄悄地談論著這件事，可是誰也算不準這個「挨刀的」究竟要的是什麼法寶，有什麼路道。可是第二天，消息又變了，是從丁老秀才那兒傳出來的。據這位整天埋怨著民國，怪皇上沒有放個官給他做的丁老秀才說：他親眼——看錯了我就瞎眼——看見縣裡給這「挨刀的」那張公文，包家的煤山指明給他代管，而且而且，還蓋有比豆腐乾大一點的關防。所以，準錯不了，不然，哼！

「借個水缸給他做膽，雜種也不敢呀！」

於是，大家又平靜了下來。

可是關於這位自衞隊長的事情，像是永遠也鬧不完似的，不出幾天，事情又來了。有人看見他在龍頭拐包家的老宅中拐進拐出，包家的老媽子那天到鎮上向人說：

「挨刀的又來耍花樣吶，問寒問暖的——我清楚得很，別說開啊………」她裝個怪腔，低聲說：「他在打我們家小姐的主意。」

「那麼小姐也隨他纏？」聽的人急起來。

「躲都躲不掉哇！」老媽子沒精打采地回答。

「你們瞧，這隻癩蝦蟆………」

「沒有鏡子，也可以撒泡尿照照看，就憑他這份德性，配人家一支腳姆趾也配不上哇！而且人家小姐長得倒是眉是眉，眼是眼的，說家世，說人品……」說的人嘆息起來：「那年子假如這挨刀的跟他爹一道著鬼迷，今天鎮上就乾淨囉！」

至於我們這位馬隊長，似乎也看到這一點，也就漸漸的斷了念。太太平平的過了些時候。直至去年年初，鎮南頭的楊七故世之後，屍骨未寒，他便跟楊七的老婆——在先，人家叫她楊七嫂，後來叫她楊寡婦，現在都叫她爛騷屄了——姘起來。有些人說這個「爛騷屄」心甘情願；有些卻說是誘逼成姦的。不過，怎樣說都好，反正事實總是事實。何況這位拐著左腿走路的馬隊長，素來目中無人，說得出，就做得到。這兩年煤山上也著實給他挖些銀子出來，瓦房也蓋起來了，還在對街給楊寡婦開了一家南北雜貨店；平常吃呀喝的，好不風光。可是並不因此而少想出些「鬼名堂」，這兩天他又嚷著要唱幾天社戲，和打幾天太平醮了。

劉鎮長現在站在灶邊，心頭有點煩亂，看看對街屋瓦上的幾個瓦灰鴿子，又看看街集上那些來來往往的人。忍不住，他嘆了口氣。

「娘的，過的是些什麼日子！」沉吟一下，他忽然記起馬隊長那筆債務來……

去年九月，當他的女人——哪位一天到晚唸經拜佛吃長素的劉大嬸——撒手不久，在包家幹了四十年帳房的劉老爹也跟著去了。就在我們這位可憐的劉鎮長張羅這張羅哪，忙著辦理後事的時候，這「挨刀的」來了。蹙眉蹙額的，倒裝得很有點難過的樣子：比他爹「著鬼迷」的時候更孝順一點，一進門，就跪在靈堂下面磕起頭來。這一下誰也沒料到，劉鎮長趕忙過去，不知該怎樣才好。

「啊！必…必正兄，呃，用不著行大禮吓……」於是也跪下去，向著他回拜起來。

「他娘的，磕兩下頭也大驚小怪！」馬必正一邊在心裡咕嚕，一邊站起來，假慈假悲地安慰了幾句，說呀說的，竟嘆起氣來。

「唉！去的去了，可憐的倒是你啊，剩下你孤孤單單的，大貴哥又沒有消息……」

「……」

再聊一陣，馬必正從口袋裡掏出一包錢，塞給劉鎮長。

「這是啥……」

「我知道你手頭緊，你拿去用好了，什麼時候有了再還給我。」說完，他自己伸手到靈臺旁邊拿了一個討吉利的小紅紙封，頭也不回地走了。

劉鎮長回到堂屋裡坐下來，想想今天這個「挨刀的」有點蹊蹺，捏捏手上那包錢，又好像感激起他來。不過：

「難道這是印子錢？那麼他算我幾分利呢？」越想越不對勁，他知道馬隊長平常手狠心黑，一分一文也從不含糊。可是，又想到自己目前這樣困窘。於是把心一橫：

「好吧，年底收了租穀，他要多少，還他多少就是。」

然而，卻出乎這位謹慎的帳房先生心料之外，馬隊長始終沒有提起過這筆錢；而且那年收成又壞，他的心腸又軟，佃戶們訴幾聲苦，他只好收個對成。清了些債務，手頭又光了。過了年，他想，就是不還，也該向他探探口氣：就算他放給自己的是雷公印子，利上滾利，也比較安心一點，於是在清明那天，就便祭祖，他請了馬隊長來吃飯，喝了幾杯酒壯膽，他終於嚅嚅地說了：

「隊…隊長（他第一次這樣稱呼他），年來，你在外頭放……放有多——多少印…印子吓……」

隊長不以為然地用手背去抹抹嘴上的酒漬，叫道：

「你以為我在吃這種作孽錢嗎？」

作孽錢？這句話很有點那個。劉鎮長的心放下了一半。於是他又問，聲音比先前高了一點。

「那麼你借——借給我的那筆……」

馬隊長挾住一塊肥肉，又放了下來，索性將筷子往桌上一摔。

「我肏你八百輩子的祖奶奶！」他的眉毛跟著動起來。他陰森森地壓扁了嗓門說：「呃，我說鎮長，你今天是存心請我吃飯，還是喳個的……」用力陝陝眼睛，接著又說下去：「錢借了給你，年把來，屁也沒朝你放一個，還不夠了交情？你還要——」他學著鎮長的腔調：「你在外頭放……有多……少印子吓……」

這位債務人怯怯地低下頭。

「你怕我要你個對本對利呀？」

「我是說……」

「算了算了，算我好人做怪了就是。」

馬隊長乾了杯裡的酒，拿起筷子，又開始大嚼起來。

總之，這頓飯吃得挺不舒服。以後碰到馬必正想出什麼「鬼名堂」，他連偷偷的抱怨兩聲也不敢，只好認了。不過今天眼看就是歲尾，他又記起這筆債來。他心裡在盤算，湊足所有的租穀，還不夠了——而且，就算他說明了不要利錢，自己也得給他搭上三分。那麼……假如把黃沙隴那幾畝地……

「不成不成！大貴娃回來的時候，我拿什麼交給他，」鎮長喃喃地自語：「這些是祖產，就是再哪個，我也不能……」

可是反過來想，問題又來了。大貴娃自從和平（淪陷區的鄉下人叫勝利做和平）的前一年，在省城娘舅家出走之後，只收到他一封信，說是要到啥「內地」去，內地是啥地方哇？鎮上誰也搞不清楚；後來才打聽出來，說是很遠很遠，要穿州過府的。

「都五打五年了，再遠，也得回來一呀！城裡讀了幾年學堂，家都忘了啊！這小狗婆養的！」他狠狠地咒了一句，一個怪念頭在他的心上飄了起來。他想，「不要他人已經死在外頭了……」

呸！他連忙吐了吐口沫，算是把這個犯忌的念頭吐掉。

「不會的不會的，我家大貴娃人家說他是壽相……總要回來的。」他連忙安慰著自己，再返身向擠滿了茶客的長慶酒樓走進去。

「鎮長，來這兒坐吓！」有人在招呼他。

四

招呼著劉鎮長的那個人，是長慶酒樓隔壁幾家的肉店老闆，別的肉店老闆都是又肥又胖的，而他卻瘦得像一隻乾蚱蜢，他坐在左手靠牆的凳子上，一直在咕嚕著今天的生意；他的身邊，是開藥舖而且還能替人把把脈的胡三叔，這位禿頂，鼻樑上掛著一副老花眼鏡的大夫悠閒地支起他的左腿，裝著煙葉，他的堂房侄子胡有財穿著一件破棉襖坐在靠外的那條板凳上，面向著牆，光看他這身打扮，就知道他是煤山上下來的窯工，他們一邊在喝茶，一邊在閒聊，後來看見劉鎮長沒神沒氣地打門口走進來，肉店老闆才招呼人。

等到鎮長在那個空位子上坐下來，他接著慰解地問。

「在動啥心事挂？」

鎮長苦笑起來。

「在愁這個窮年怎麼過吓……」

「唉……？」胡三叔嘆了口氣。「活了這五六十年，也沒有看見過這種年辰！一天三喊價，這還成個啥市面。」

「就是這樣說囉，」肉店老闆附議地說：「往年子，殺三條還不夠了分；今年，嘿！只殺一條，就得醃它娘的半條臘肉……」

「這個仗再拖下去……人也給拖完了！」

「城裡的米糧客說：委員長……」

「現在叫總統了！」鎮長更正胡三叔的話。

「哦，」大夫繼續說：「說是總統也不幹了，政府跟八路談啥和了哇！」

「一國無主，不成話吓……」

胡三叔悲天憫人地搖搖頭，一知半解地說：

「聽說委——嗯，總統曾經貼過一張榜，他老人家說：只要和得了，怎樣都成——也真是的，糟蹋的都是自己人。」

「難怪那個挨刀的又嚷著要打太平蘸了。」

聽見鎮長這樣說，這位一直沒有說話的窯工胡有財突然叫起來：

「我看還是莫打了，鎮上已經夠了太平的了！」他痛恨地摸摸鼻子，大聲說：「媽的，雜種跟那個爛騷屄還沒有睏飽吓！今天一個花樣，明天一個花樣；我們的工錢嘛，月頭壓月尾，還扣這扣那的，到了手連二升米也湊不上……」

「——雜種連肝肺肚子都黑透了！」

低下頭，咒了一陣，胡有財憂心地低聲說：

「窯工們說：『你跟他倒底是同鄉一呀』——所以，他們叫我上鎮來向他商量商量看……」

這位堂叔馬上仰起頭，警告道：

「你犯不上去惹他哇！又不是你一個人的事情——哼！娘的，人家都做好人，壞人就讓給你去做。」跟著，胡三叔埋怨起來：「你已經是三十來歲的人啦，什麼事，自己總要得照顧照顧——唉，缺的，就是一房媳婦……呃，你自己也該想想才是吓……」

缺的，就是一房媳婦。這句話又觸動了劉鎮長的心事，他在肚子裡盤算：大貴今年也有二十五了，也該有一房媳婦了；自己在包家做帳房的時候，記得小蓮姑——包家的小姐——跟他是蠻玩得來的，而且，姓劉的跟包家，不管再遠，總挨著一點親。要是哪年不給他到省城娘舅家去唸學堂就好了，要不，他怎麼會走掉——到現在嘛，呃，說不定已經抱孫子了。

肉店老闆忽然惡毒地咒起來。

「真是說到曹操，曹操就到！」

這邊，我們這位自衛隊長，拐著他的左腿，挨家挨戶地搖擺著來了。

像每次收攤派的雜捐那樣，他的手上拿著一本摺子，衣服是光光鮮鮮的，屁股上掛著一支土造毛瑟槍，背後跟著一個認識幾個字的小勤務。顯然是跟誰鬥過氣，臉上青一塊紅一塊的，一進了店門，將腿一橫，便罵開來。

「我肏死他們的祖奶奶的！就像這個蘸打下來，只有我一個人太平似的；聽見攤錢就苦起個臉，指東罵西。難道這種公家事情，還有什麼油水！」歇了歇，眼睛向店堂裡一轉，「我姓馬的敢賭咒，雜種才落下一個錢，不是人養的！」

已經咒了出來，馬隊長想想不對，趕忙吐口吐沫。

長慶酒樓裡面的人，馬上靜了下來。

向裡面掃了一眼，馬隊長滿意地鬆開他的眉毛。

「這些龜孫子是要給他們來個下馬威才肯服的！」他向自己說。然後拐著進去，將手上那應本摺子向目瞪口呆的劉鎮長面前一摔，高聲地命令著說：

「簽個名！」

「……」鎮長看看那本摺子，正想問，他接著說：

「你攤一升。」

「一升？」鎮長抬起頭。「要……米吓？」

馬隊長漠然地點點頭，說：

「算錢也行，今天的米價是……呃，不過哪天付，就算哪天的，兩不吃虧。」

「算米，這又是啥講究哇！」肉店老闆正在為勝下的那半條豬發愁，聽見要算米，實在按捺不住了，他向裡面扭轉頭，頂上一句，像是在徵求其他那些人同意似的。

「啥講究！現在的錢還算錢？——錫箔灰！」沒想到有人敢頂撞，這「挨刀的」火起來，伸手去拉拉那根插滿了槍彈子的腰皮帶，叫道：「人家和尚道士講的是米，我們就得給他米！如果收錢，打完蘸，米糧漲了，怎麼算？我姓馬的總不能賣屁股來貼哇！」

於是；置滿屋子人便低聲談論起來，最後的結論，就是：話是不錯，就是不曉得「雜種」跟那些和尚道士怎麼算的？

那個小勤務遞上筆墨，劉鎮長打著哆嗦，在摺子上寫下自己的名字，而且生怕以後變卦，將一升的「一」字寫成大寫。

從馬隊長說算米開始，胡有財心裡就彆扭。他想：他自己的，算得分分明明；而他們用命拼來的血汗錢呢，拖到變「錫箔灰」才給。「這又是啥講究？」，所以當肉店老闆頂撞他的時候，胡有財心裡很舒服，就像今天他的同伴要他上鎮來，要他說的那些話都說了出來一樣。可是，雜種三句兩句，大家都啞掉了。而且，現在親眼看見鎮長在簽名，突然，他火了起來。連他自己也弄不清楚究竟打哪兒來的那麼大膽量，竟敢對這位「衣食父母」吼起來。

「馬隊長！」

「挨刀的」輕蔑地歪過頭。

「話是你自己嘴裡說的吓！」

「……」

「——米糧漲了怎麼算？那麼你壓我們的工錢，也應該按米糧價算，才合理呀！」胡有財困難地說下去：「我撒謊就是給眾人脅出來的，拿到工錢還七折八扣，電石錢都攤在我們的頭上——煤山上從來沒有興過這種規矩吓，說來，你自己也是跟我們一樣，從一塊地上長出來的，你該知道窯工的苦，不念我們，你也該想想你爹——積積德嘛！那個相信我們連玉米稀飯都喝不飽！」

馬隊長厭惡地動動眉毛，斜起眼睛看看其他的人，然後叫那個小勤務去趕開圍在店門口看熱鬧的。直至胡有財疲乏地停下來，他才挺挺胸，摸摸腰帶，冷冷地衝著窯工笑了笑。

「你倒是蠻會說的，就是垮我的臺，也要挑個沒人的地方哇！」馬隊長陰陰地說：「好！讓我先把公事辦完，我們的事嘛，晚上到我隊裡來，再好——好的談……」

嘴一歪，馬隊長向前挪了一步，做作地乾咳了一下，然後用一種蠻像那麼一回事的嗓調，向肉店老闆說：

「姓黃的，你也是一升！」

「什麼？一升？」

站著的帶理不理地東看看，西看看。

「我憑啥要攤一升哇！」

「就憑你這家店。」馬隊長淡淡地回答。

「那麼家家店都得攤一升囉？」肉店老闆反問。

有好些人不以為然地咕嚕起來……

「那——不一定，」舔舔嘴唇，「挨刀的」說：「還得看人，像你這位肉店老闆嘛……」他陰險地笑起來。

對方看看低著頭悶聲不響的鎮長。

「你公報私仇哇！」

「報仇？」馬隊長輕蔑地向左右望望。「鎮上那個舅子都跟我有仇。不過，我覺得——好人做做。壞人也得做做……」

「……」

「不然，倒是蠻難對付的。」於是他摸摸下巴，結束了話：「那麼——呃，請大家幫幫忙，今天我還得拐過全鎮的。」

悶了一陣，肉店老闆像是有點不服，可是，又有點絕望似地，嘆了口氣，拿起筆，看看身邊那位始終在發呆的大夫，他又擱下來。

馬隊長得意地咂咂嘴，催促地加上一句：

「寫吧！莫磨囉，磨到後來又不能少一粒。」然後裝模作樣地抬起頭，眉毛動了動，提起嗓子說：「升把米，你們就怨這怨那，連我這個小小的隊長，還認兩石呢！」

「小小的隊長，還要當皇帝啦！」有人在輕輕地詛咒。

「雜種說起大話來，臉都不會紅。」

「臉會紅，就不會一年到頭按著我們幹囉！」

不過呢，那隻乾蚱蜢終於弓了個腰，花了好大的勁兒，才在摺子上畫出自己的名字：「黃四寶」。那個四字居然還是草書，彎得像一隻大蝦米：一升的一，也仿著鎮長，將它寫成大寫。

接著，其他那些鎮上當家的，都一個個跟在大夫胡三叔的後頭，憑著那「挨刀的」說多少他們就認多少。沒有挨到自己的，都衝著馬隊長裝出一種巴結，而且心悅誠服的表情，希望這樣會少喊他一合兩合。座上那些城裡來收貨的米糧牲口販，和那些外村來探親的田夸老，看了半天，還是弄不明白，悄悄地去問旁邊的人。

「這傢伙是誰？」

「我們的祖宗吓！」被問的人先是嘟著嘴，找著機會才回答。

簽完了名，外頭街集上已經歇午市了，這位「祖宗」才慢吞吞的將那本摺子摺起來——雖然他連個「一」字由那邊橫過來都不曉得，不過，他倒是細細的從頭看過一遍，然後正正腰帶，一邊往外走，一邊說。腦袋連動都不動動。「明天我上城裡去繳『煤稅』。」

煤稅這個名詞是他自己興出來的。他一直在唬著鎮上那些人，說是煤山雖然由他代管，可是一分一文也落不到，「落到一文錢是臭婊子橫生倒養的」！所以他得一個月跑上兩趟，向縣裡繳「煤稅」。鄉下人聽見稅呀捐的，就直打哆嗦。何況，丁秀才又親眼看見縣太爺給「雜種」蓋的那塊大官印，想了想，也就信了。不過，錢是由雜種過手的，手指的縫縫這「挨刀的」總不肯白長的哇！總之，多多少少總得漏下幾個。

「攤下來的，」馬隊長繼續說：「晚上煩神給我送過來，明天就便帶到城裡去——呃，我摸心心說，哪件事情不為你們著想，這次要不是趕巧去繳煤稅，請和尚道士的車錢路費又得攤了！」

等到他拐出門口，乾蚱蜢忍不住咒起來：

「我肏他個萬代的！雜種就是釘著我一個人呢，呸！」一口濃痰落在馬隊長的後面，粘在門檻上。

「挨刀的」站住了，忽然扭轉身，向著黃四老闆走過來。

全屋子人跟著沉下來。

可是，怪就是那麼怪，馬隊長連看都不耐煩看那位面色慘白的肉店老闆一眼，只是低聲下氣地向他身邊的窯工胡有財說：

「晚上，我在隊上候你吓！我們好好的談，好——好的談……」

他跟著動動眉毛，瞟了肉店老闆一眼，像隻貓頭鷹似的冷冷地笑笑。再拐出長慶酒樓，朝著楊寡婦的南北雜貨店搖擺過去，屁股上的那管毛瑟槍，跟著他的動作扭動起來。

五

楊寡婦的那家「大發南北雜貨店」，就在鎮南頭，挨著丁老秀才家隔壁。所以關於這個「爛騷屄」和那「挨刀的」發生的事情，我們這位丁養甫先生總比別人先知道，而且比較詳細確實。這並不是說他打聽得比別人清楚，或者其他什麼的，只不過憑著年紀大——而且又是秀才——所以說起話來，總像句話。同時，上魏人也覺得，鎮上出個秀才，的確要比別個村子體面些，況且鎮上的娃兒們，都送到他的塾館去讀幾年《百家姓》、《千字文》，因此都很敬重他。也許就是為了這一點，馬隊長對他很那個，時常在他的嘴上抹抹油。就說今天吧，太平蘸只給他攤兩合米。平時呢，也關照楊寡婦賒幾兩白燒酒給他，酒勺子拿平一點。這一來，當別人說起馬隊長和楊寡婦的閒話，他總得幫上兩句。

「這怪不得人家囉！」剛才還在嘆世風日下的老秀才，突然變得開明起來：「這年頭，哪兒還作興守節哇，老底子守節，還指望立個貞節坊，呃，現在是民國了吓……」

他的意思，既然叫做「民國」，那麼再那個一點，也沒有關係。總而言之，一切都比不得從前就是了。所以那年馬隊長將那張偽造的公文，在他的面前露了一露，上魏人就承認「這胃口不小的雜種」馬——隊長，是煤山合法的主人了。

至於說到楊寡婦，全鎮的娘兒們都說她在丟她們的臉：說她是個狐狸精轉世，說她是「千人壓萬人騎」的臭婊子——一天離不開男人。而且硬說馬隊長的那些「鬼名堂」是她想出來的。要不然：

「這挨刀的那會做得周周延延，有分有寸！」

因此嘛，不肯到她的大發店去光顧她的生意倒不說，連看都怕得看她一眼，像是會看髒自己的眼睛，如果無意間瞟著一下，也得吐吐口水，表示這樣會少沾點霉氣。

但是漢子們就不同了，恨是恨的，不過看還是要多看幾眼。有時去買東西的時候，也會帶笑不笑地跟她聊上幾句，這才稱心。可是馬隊長在哪兒的話，別說人，就是連蒼蠅也不敢飛幾個進去。

這時，楊寡婦便會白馬必正一眼，半抱怨半懇求地說：

「你給我死到裡頭去啊，祖宗！」

「像是我長了痲瘋似的！肏……的！」馬隊長有點著惱，但，想想這家店，是自己的本錢：沒有生意，誰倒霉？於是，便懶洋洋地走開，或者拐進屋去。

「好？老子死開！」他警告著說：「不過你少給那些舅子眉來眼去的，要是給我逮著……哼！」

「那麼你就別走開！」

「走開了又怎麼著？」

楊寡婦扭轉脣，揚揚眉毛，若無其事地笑著回答：「不要說風來眼去，偷人我都敢——反正我都爛了！」

「屌你個妹子！好！妳的嘴硬吧！」

「硬了，你又把我怎麼的？」

「現在是你狠，我還敢把——妳怎麼的。」

女的回過頭，似笑非笑地裝了個怪腔：

「唷！罪過罪過，我們的隊……長怎麼今天說這些沒志氣的話哇！再把你那管槍掏出來，不就成了。」

「你以為我不敢吓，臭婊子！」

「你敢，我知道你什麼都敢，那麼來吧！」說著，她故意向他挨過去，叫道：「來吧！我早就不想活了……」

假如在先前，楊寡婦這一來，準會被他揍個皮青臉腫；可是這年把來，馬隊長也不得不讓讓她了。一方面，她捏住了他的把柄，壺裡裝的什麼藥，她全知道：而另一方面呢，像不得從前，她越來學得越潑辣了。光棍天不怕地不怕，就是怕潑婦。所以現在馬隊長只閃開一步，用手將她甩開。站穩了腳，他譏誚地沉下聲音說：

「好了好了！別又來死呀活的了。妳捨得我，就不見得會捨得——妳那個……欒生哥呀！妳死了，拿得穩他就不跟我拼啦！」

楊寡婦知道他指的，就是煤山上的那個趙欒生。說實在話，她承認自己愛這個人。怎麼不愛呢？她心裡想：說人品吧，趙欒生又忠直，又孝順；服侍他的娘——欒生奶奶，就沒有一點差錯，哪兒像這個「挨刀的」那樣肚壞心黑。那簡直是不能比了，不管怎麼樣，人家總是端端正正的，不像他三分像人，七分像鬼。現在聽見馬隊長冷言冷語地譏諷自己，她心裡一點也不氣。不過表面上，又不得不裝出受委屈的神情，分辨道：

「我說男子漢大丈夫說話，不要像人家放屁那樣吓……要說，也得找個贓證出來！」

「妳不用急。在找。總有一天……」

「哼！」楊寡婦頭一歪，報復地說：「你也不用急，我全有，隨時隨地都拿得出來！」

眼看越鬧越僵，馬隊長氣得臉上的酒刺都紅了。想想好漢不吃眼前虧，便悶著氣轉身拐著腿走了。臨走時狠狠地說：

「算妳狠，看晚上我來收拾妳！」

像這種架，一個月總吵上三幾回，而且一次比一次厲害。甚至現在馬隊長也常常向自己說：

「這婊子現在連我都不擺在眼內了哇！以前，她連話都不敢頂撞一句，叫她東，她就不敢西的！」

所以這樣，他每次都從城裡帶些東西來，討好她。

所以這樣，鎮上的人又多一種理由，說她是白虎災星；因為她，鎮上才弄得個鷄犬不寧。至於那個「挨刀的」呢，自然是這隻「狐狸精」引來的，那些「鬼名堂」是她給想出來的，更是千真萬確了。

反過來說，我們這位馬隊長，對她處處都防得那麼嚴，當然不無原因。簡單點說，她是越長越出眾了。除了娘兒們，鎮上誰都得承認，。雖然已經二十八了，但看起來只像個二十二三的。照這些人批評起來，就是瓜子臉，柳眉，鳳眼，櫻桃嘴；嘴角上還有一顆綠荳大的黑痣。對於這個痣，的確是傳說不一：說是主剋夫的也有，主饞嘴的也有，主淫蕩的也有；總之，這顆痣是十分迷人的。那兩顆黑眼珠，霎呀霎的，由這邊溜過來，由那邊溜過去；尤其是眼睛下面，有淡淡的青痕，看了就叫人心癢。這還不算，美的倒是她的身段，簡直奶是奶，腰是腰，屁股是屁股，長得分分明明。就是叫丁老秀才戴起老花眼鏡，也挑剔不出什麼來。

俗語說：黃毛丫頭十八變，半點也不錯。在她小的時候，長得又瘦又難看。才七歲，她爹陳土茂便著了鬼迷，孤兒寡婦的在煤山挨了半年，她娘就將她許給鎮南頭楊七當童養媳，自己跟著一個牲口販走了。假如她的命根子好一點的話，那就好了。楊家在鎮上，雖然算不上是大戶人家，但還有些田產；何況楊七又是獨子，對她一點也沒虧待。那曉得這顆「災星」十六歲跟楊七圓了房，幾年功夫，就將楊家剋得一乾二淨；不養個把兒女來傳宗接代倒也不說，連個響一點的屁，也沒給楊家放一個。直到田地賣光，就在馬隊長再開山的那一年，楊七只好上煤山去當窯工。結果呢，著了鬼迷。於是楊家便算絕了代。因為那時馬隊長起的那間瓦房，就在楊家對門，所以楊七還沒故世之前，那個「挨刀的」就時常借故去串串門子；還經她的手，借了點錢給楊七；楊七死的時候，他也著實幫了她不少忙。以後呢，那還用說，馬隊長整天纏著她，毛手毛腳的向她獻殷勤。想想看吧，年紀輕輕的就守寡，馬隊長雖然討人厭，她想：可是他又幫過自己這許多忙，就算不報答人家，有些時候——馬隊長向她毛手毛腳的時候——也不能對人家太哪個吓。說實話，並不如別人所說，她並不是個壞女人，雖然不識字，可也懂得點三從四德；公婆沒有去世的時候，她倒是將這份家管得妥妥貼貼的，就不肯讓別人落著半句閒話。因為跟楊七是一起長大的，所以後來夫妻間的感情，始終是平平淡淡的，說不上壞，也算不得恩愛。楊七當了窯工，她還收些嫁衣來繡繡縫縫，貼補著家用。等到楊七一死，她才發起愁來，看著眼前的生活，不知該怎麼樣才好。所以對馬隊長，她怕他，恨他，但；又不敢得罪他。

楊七死了沒多久，有一天晚上，馬隊長喝得醉薰薰地拐進她的家裡來。三把兩把，就摟住她，這下可把她嚇壞了，掙又掙不脫，叫又不敢叫。於是。便打著哆嗦向他哀求：

「我求你，隊……長，放放我哇……」

「甭妳妹子，妳就依了我算了！」馬隊長把臉湊過去，使勁的在她的臉頰上撐，呼呀呼的說：

「總有好日子讓你過就是！」

「噢！不成！不成！」

「不成？」他的眉毛動起來，威嚇地說：「不成也得成！」

「——隊長，求求你……」

「還求啥！」用力將她一摟。「妳依不依？」

「……」

「依不依？」

想想鬥他不過，楊白婦鬆弛下來，痛苦地挺著腰，低聲說：

「就算我依你，你也得給我守，守滿三年孝哇！」

「還守個屌的孝！三年，妳熬得過去，老子可熬不住！」

「可是……」

「我肏妳妹子的，還可是個啥？」

「隊……長，我求求你做做好事，積積陰德吓！」

馬隊長粗野地笑起來。

「妳妹子的，積啥陰德？我對妳好事還沒有做夠了呀？」

「隊長你待我好，全記得……這輩子還不了，下輩子變狗變馬也得報答你——隊……長，求求你吓！」

「報答，變狗變馬才算報答？這樣——」他再用力摟了摟。「這樣就不能報答？」

她又開始掙扎起來。叫道：

「你放不放？」

「放？這麼簡單！」

「你再不放，我要叫救命了吓！」

「妳叫！妳叫！」馬隊長鬆開左手去蒙她的嘴。她趁勢用力在他的肩膀上一撐，逃開了。正要往外跑，房門已經給他堵住。

馬隊長狡猾地歪著嘴笑笑。

「妳叫好了，妳以為我怕？哼！哪個敢把我怎麼樣？」接著，又怪聲怪氣地補充一句：「難道我借給楊七的錢，是白借的？」

「想法還你就是……」

「還？可沒有那麼便宜！」他把臉一沉，伸手到屁股後面去，把那管土造毛瑟槍摸出來，槍機拉地上了膛，對著楊寡婦，然後一拐一拐地向她走過去。

「你再說一句不依！」他脅迫地說。

倒底是鄉下人，看見槍，楊寡婦軟了一半；再給他一嚇唬，幾乎要暈過去。不過，她總算勉強支持著將背靠著牆根。

馬隊長慢慢地放下槍，一把捏住她的膀子，狠狠地搖了幾搖。問她還記不記得楊七寫給他的那張押條。

「記……當然記得！」她怯怯地回答。

「你曉得押條上寫的啥？」

她老實地搖搖頭。

「就是啦！」他放開她。惡毒地冷笑。開始添枝帶葉地向她說：押條上寫明，假如半年內還不清的話，他有權沒收楊家的房產，還有權將她——賣掉。乾脆點說，就是楊七的老婆歸他作主，隨便處置。說到後來，像是真有哪麼回事，他從口袋裡掏出一張字條——天曉得上面寫些什麼！在她的面前揚揚，認真的說：

「你要是不信，我馬上就可以請街坊鄰里來評一評。」

這一下，楊寡婦算是完全屈服了。鼻子一酸，就傷心地伏在牆頭上哭起來。

「莫哭了，莫哭了，」馬隊長假慈悲地拍拍她的肩膀，安慰著說：「妳自己也不想想，如果我不愛妳，我肯花錢葬楊七，還給妳買這買哪的。——我早就將妳賣到省城的窯子裡去了哇！還跟妳費這些口舌幹屌呀！」

楊寡婦不響，還在嚶嚶的哭。出其不意地，馬隊長一手把她摟過來。

「好了，莫哭了！明天我進城去，給妳打對鐲頭，買幾件衣料，噢。」

後來就沒有什麼好說的了。既然木已成舟，楊寡婦就認定是自己命苦，將這口氣硬生生地咽了下來。而且她也知道，這「挨刀的」是條地頭蛇，比誰都毒，在鎮上歪過來拐過去，連鎮長也不敢哼哈一聲：自己那惹得起他。再說，又欠下他這許多錢，楊七寫押條給他的時候，自己是親眼看見的，雖然弄不清上面寫些什麼，不過從楊七的臉色上已猜到幾成——現在她回想起來——記得她曾經聽過「朱買臣賣妻」的那齣戲文：那天晚上他又說得一點也不含糊，假如弄翻了，「雜種」一不做二不休，真的給賣到窯子裡去，這輩子可不就給糟塌完了。反過來，想想自己的娘，她的心又安了一點。「這是報應！這是報應！」，於是她咬咬牙齒，暫先依從他，日後慢慢再打算。

古語有道：好事不出門，壞事傳千里。她跟馬隊長偷偷摸摸的消息，沒幾天，就傳個戶戶皆曉。

「這個爛貨，再騷嘛，也該守上一年半載哇！」

「就是偷，也得偷個端端正正的，這個『爛騷屄』偷個……唉——現世啊……」

這些閒話，當然也有幾句流進馬隊長的耳朵裡。不過，他依然悶聲不響，依然向楊寡婦家裡鑽。他心裡想：

「你們嚷吧！我㑚你們婆娘的。聞不到腥味，就說魚臭！」

再過些日子。說得多，自己也會厭的。於是，上魏人將那些話歸結起來，說楊寡婦是「剋星」，「挨著那個剋那個」：現在，這「挨刀的」居然敢伸出舌頭去舐刀口：「你們先挖個坑，等著瞧好了！」誰都說這句話錯不了。因此，大家都不耐煩說了，只是幸災熱禍地等這個「剋星」將這個「挨刀的」剋掉。誰知道後來非但沒有剋掉，反而楊寡婦開起南北雜貨店來。馬隊長呢，臉上的酒刺也越來越少，氣色也越來越旺。鎮上的娘兒們一肚子不舒服——爛騷屄憑啥開店！接著，你一言，我一語的，又挑剔起來。自己不到「大發」店去買東西還不算，還禁止自己的娃兒和男人去。後來不知哪家娃兒在她哪兒打過半斤香油，幾乎要打滿了那隻十兩裝的瓶口。他娘話家常的時候，一不小心，竟說了出來。結果呢，大家都樂得照顧她的生意。可是，她們自己卻不肯去——怕看髒了眼睛——總是打發自己的娃兒去；買回來之後，評評東西的份量，心裡在發笑，嘴上卻刻薄地咒一句：

「這爛騷屄賣東西時候，又在看哪個男人了！」

其實，她並沒有看男人，倒是的的確確多給了一點。這個做法，並不是希望這樣能多找幾個主顧，而是她明白；這家店不是她自己的，賺錢虧本與她無干。再說，這些都是冤孽錢；上世沒修好，已經遭了報應，自己不得不修修來世。自從跟馬隊長姘居之後，她走路都不敢抬頭，一句話也不敢向人辯，只好一個人躲在家裡哭。到了現在，好事壞事都見得多了，什麼都看開了。她想：自己只要對得起自己，罵由得別人罵。因此，鎮上人對她這樣，她非但沒想到報復，反而處處向那些氣苦人家施些小惠，尤其是煤山上那些窯工們。儘管馬隊長千叮嚀萬叮囑，不許賒欠，結果她還是偷偷的賒給他們；稱起東西來，秤砣總是蹺得高高的。可是，儘管她做好人，別人卻不領她的情，往歪的哪面一想，便推測起她的用意來。

「你想想看，東西是本錢買來的哇！她為啥要多給你？」

「可不是，世上就沒有做虧本生意的……」「這爛騷屄，真是見一個就愛一個！」

但，她否認這句話。只承認一點：就是她在心裡偷偷地愛著，煤山上那個窯工趙樂生。「如果我能夠了嫁給他，變牛變馬都心甘情願……」她輕輕地向自己說……

接著，又心灰意冷地嘆息起來。

六

現在，我們這位自衛隊長正從長慶酒樓向大發南北雜貨店走來。他一面拐著腿走路，一面在心裡發笑。

「他妹子的；城裡的米店都搶翻了個舅子，這些龜孫還在做夢。唔……腦筋是要時常動動，打這個啥——灰氣蘸，落個三兩擔，雖然算不了什麼；不過，年頭進城去，也可以體體面面的給後街那個小春紅點雙大蠟燭……」想到這，他臉上的酒刺突然癢起來。

拐到店門口，看見楊寡婦一個人坐在裡面發呆。他在門檻邊站住，打趣地說：

「又在想妳的哪個樂生哥吓？」

「呃！」楊寡婦回過神，頂上一句：「我就是在想他！」

馬隊長皮笑肉不笑地裂裂嘴。

「莫慌，年底他總要到鎮上來的。」

「到鎮上來了又怎麼著？」

「怎麼著？我好讓開哇！」馬隊長歪著頭瞅瞅她。

「你不怕戴綠帽？」

「莫說綠帽，紅──帽我都戴過了。」

「好……」楊寡婦賭氣地撇撇嘴。「那麼改天我來給你做一頂戴戴。」

「我等著吓！妳不做，就是狗婆養的！」說完，他青著臉拐進屋裡去。

這天晚上。楊寡婦就發現馬隊長的神情不對。他一聲不響地喝著酒，這個時候，胡有財惶惶不安地來了。

在沒來之前，他的堂叔勸他小心一點，頂撞這個「雜種」，不會有好結果。

「喏！你看，黃四寶只頂了一句，就損了半升米，犯不著哇！何況，又不是你一個人的事情，鬧起來，他還認定你是領頭的！」

而且勸他千萬不要死咬住那句話，叫馬隊長按米價算工錢。

「你以為進了嘴的肥肉，肯再吐出來？」胡三叔搖搖頭。「呃，你們年輕人，什麼都想不透啊！做人嘛，只要退後一步，退後一步……」

不過，胡有財也並不是一個好勝逞強的人，平常就不敢惹是生非。這次硬著被大家推上來，實在是迫不得已。所以聽了胡三叔的話，他自己也認為要好好地求他。還一路上想著應該說些什麼話。跨進黑漆漆的自衞隊部隊，那個小勤務叫他到楊寡婦家裡來。說是隊長吩咐的。現在，他馴服地站在馬隊長的身邊，兩隻手不知擺在哪兒才合適。摸摸屁股，又捏捏棉襖的角角。

馬隊長沉默了半天，並沒有轉頭去看他。大大地喝了一口酒之後，他微微地仰起頭，將一粒花生米小心地送進嘴裡。

「今天你的戲，做得真不壞嘛！」他冷冷地說。

「隊，隊長包涵包涵，」胡有財不順嘴地回答：「嗯，我…我該死……」

「哪裡哪裡，我得請你們包涵才對哇！」又喝了一口酒，笑笑，半真半假地說：「說老實話，我姓馬的的確太虧待你們啦！」他學著胡有財的腔調，繼續說：「我壓你們的工錢，還要來個七折八扣，電石錢都攤在你們的頭上，讓你們連玉米稀飯都喝不飽！我太沒良心了！要不然，就是『吃屎長大的』！」

胡有財低下頭，不敢答腔。

馬隊長橫了他一眼，又挖苦起來：

「我說有——財兄，可是吃得太快噎住了，怎麼連氣都不喘喘呀！怕啥？再說，在煤山你手下還有一兩百人哇！只要你……」

「隊長……」

「不敢不敢，就叫我『挨刀的』或者是『雜種』好了！」

胡有財為難地抬起眼睛。

「隊——隊長……」

馬隊長放下酒杯，大笑起來。

「你妹子的，裝起狗熊來了！」他心裡說。突然止住笑聲，輕輕地哼了一下，扭轉頭，緊緊地瞪著連站都站不穩的胡有財。

「你回去告訴他們，」馬隊長凶惡地大聲嚷道：「最好是安份一點，你以為是我在壓你們的餉嗎？」

「……」窯工弓起腰，哆嗦著。

「我說你們要放明白一點吓，那個舅子才願意得罪人——這個煤山，又不是我的！別人當工頭，還可以抽幾成。我呢，每個月貼車錢不說，還惹人眼紅！」他越說越火起來。「我老早就向縣裡辭職不幹了！」向旁邊的楊寡婦瞟一眼。「呃，辭不掉哇！其實，那個灰孫子才想管這些事，頂了副石磨唱戲，背後還給人家脋爹脋娘的！」

「……」

「總之，發不下工錢，是縣裡的事。如果你們一定要按啥個——米價，也可以。我不陪你們進城去說，我是雜種！不過——」說著，馬隊長歪歪嘴，沉下聲音：「事情可沒有這麼簡單噢！——哦，就憑你們說，要多少，就給你們多少；怎樣算，就怎樣算？就說縣裡是你們舅舅家，也沒有這樣便宜呀！我是好人做到底，一切無所謂；縣裡，可由不得你們亂來——你知道現在是啥個時局吓？」

「我……我們只不過——呃，年底了哇……」胡有財吞吞吐吐地說，聲音像蚊子叫一樣。「莫說，呃，別的，香燭也總得備，備上一兩對燒燒吓……」

馬隊長坐坐端正。

「你們要過年，縣裡就不要過了？」

「呃，往年子，過年過節，多多少少，呃，還攤著幾分紅……」

「攤紅？」馬隊長又叫起來：「那時候是姓包的山，現在是公家的！你們想分啥個紅？」

「我，我是說說的……」給他一嚇，胡有財的聲音又低了下去：「隊長，能不能夠了向……縣裡通融通融，借，借一點……」

馬隊長約莫想了想，擄抹嘴巴。

「嗯，不過……」他說：「可是可以，就是，呃——公事往來就得個把月！」「噢……」窯工失望了。個把月，年過不過倒是小事，人都要餓乾了。

看見窯工這副神情，馬隊長說：

「除了向縣裡借，方法倒有一個……」他橫過眼睛去瞟胡有財。

「是……」窯工抬起頭。

裝出完全是為了他們的樣子，馬隊長咂咂嘴，摸摸下巴，說：

「我可以給你們去借，問題就是……」

雜種一定在拐彎抹角要利錢。窯工看看他，心裡在盤算。

果然，沒猜錯，要貼九分利。

「太高一點了哇！」

「你妹子的，你們知不知足？人家錢擺在口袋裡，又不會發霉；街上沒有一角，你還別想問呢？就算九分，別人還要量量你，看還不還得起。」

「我，我作不了主吓……」

「那麼你回去商量商量。如果要借，明天就派人上來，問七嫂拿——我明天要進城，如果不要，」馬隊長頭一昂，若無其事地閉上那雙牛眼，不屑地說：「——也沒關係。不想幹，請便；欠多少工錢，我馬上給你們塾清。哼！城裡的難民成千成萬，這份活，巴都巴不得。」

「……」

「不是我誇口，只要我招招手，要多少就來多少。肥瘦高矮由你挑！」

胡有財退了出來，越想越不對勁，便連夜摸回煤山去。

七

煤山離開上魏只有三四里，過了二里舖，龍頭拐這一帶，就是包家的屯口。有一條高低不平的亂石路，橫過那座燒得焦黑的土崗；再過去，那些旱田和小小的青松樹林，又在兩邊展開了。不過，地勢還是一起一伏；到了煤山，才給一排並不太高的山崗堵住。

在這個附近，樹木很少。路的右面，有一塊舖滿了煤碴的平場，那些矮矮的竹棚下面，就是坑口。論開採的方法，跑遍全國也找不到比這更古老的；它沒有機器，沒有電氣設備，沒有那些寬敞的隧道和煤車，甚至地質和礦藏的探測，也只靠一位傳了好幾代的風水先生。這位已經七十上下的老頭子，就憑著陰陽八卦和幾個銅錢來找「龍脈」——他們叫礦脈作龍脈。至於礦坑，分為兩種：一種叫「吊井」，簡單點說，它就是一口比較大的井。有二三十丈深。井口上支著一個木架，旁邊竹棚下面有一個又大又笨的木輪，坑下面的煤，就是沿著一條鐵索一筐筐地被幾個小工推著木輪吊上來。平常那些窯工下坑，大多是坐在那隻篾筐裡，慢慢的放下去。另外一種叫做「爬龍」。單單由這個名字，就可以想像到竟究是怎麼一回事。它是一條傾斜的隧道，很狹窄。隧道的頂和壁只用些削了葉子的茅竹支撐著，只容得下一個人反身下去。窯工們多半是在這種坑裡著鬼迷的。除了有幾條爬龍裝了搖索，其餘的，是由幾個輪流著，用一條帆布帶圍著肩膀，將那個滿裝了煤的篋筐從坑底拉上來。這種活，身體差一點的人都幹不了。以前，窯工的待遇是分等級的，加班還得另加錢。可是現在，這位新主人已經不興這一套了——說起來，他的理由相當充份：「這是縣裡的意思」——窯工什麼都得幹。坑下挖幾天，又輪到拉幾天爬龍；如果做不到規定的數量，還得扣工錢。所以那些日班窯工白天幹完，還得連幾個鐘點夜工夾補數，可是等到算工錢的時候，那個整天扳著個死豬肝臉的工頭馬旺，就七平八穩地坐在一張木板桌前；就算你是菩薩，他都有辦法找出個錯處，扣幾個工錢。

至於他——工頭馬旺，窯工們都叫他「螞蝗」，其實也很像。他的臉色就像吸飽了血的螞蝗似的，漲得通紅，甚至鼻子眼睛也沒例外。他的身材矮壯，橫得像個螃蟹似的，走起來，只可惜不拐；不然，倒真有點像他那位族兄馬必正。其實馬隊長是不是他的族兄？誰都不清楚。而且馬家不知道是「打那兒充軍來的」。沒有祠堂，不算，連份家譜也沒有。總而言之，他也姓馬就是了。不過關於他這個姓還有些兒枝節，是真是假，暫且不提。據胡三叔說：「這個忘了祖宗的龜孫子」他記得是五里店馮三寄爺家的什麼人，不知喳個的，竟去了個邊，姓起馬來。但我們這位馬隊長肚裡有數，可從來就不計較這些。總之，他倒是十分賞識這位手下，肯賣力，心狠，而且會奉迎吹拍。

所以誰也不敢在他的面前咕嚕一句，因為煤山上的大權，都在他的手上。哪個惹他的眼，他就要趕走哪個。窯工們雖然也知道這是個埋人坑，賣了命還得喝辣椒湯；不過想想家鄉——他們大多是從蘇北魯南被八路逼出來的難民——那種情形，心一寒，氣也就自然而然的平了。

「將就將就算了，雖然苦，總算啃著口糠。總比挖他妹子的草根強吧！說不好聽的，就是死，還有個坑，用不著怕那些舅子來抄咱的屍，翻咱的墳！」

這話一點也不假，所以再哪個，他們都咬著牙關，忍下來。不過，這次馬隊長未免是「欺人過甚了」！

「這還了得，討工錢還要算利息？俺肏他姐！再下去，可不是要咱們幹了活，還得給舅子送幾個嗎？」

等胡有財將今天的經過情形講完，他們大夥忿忿地叫嚷起來。消息很快的就傳到窯裡，那些在趕夜班的窯工將手上的鐵鎬往地上一甩，提著電石燈便趕上來，來不及穿上棉襖，便匆匆忙忙地跑回住的地方去。

窯工們住宿的地方，在平場前面那條小車路的左邊。地勢比較低，後面有一條小河，站在路邊，就可以將這一堆雜亂黝黑的竹寮草房看得清清楚楚。除了兩間長的草棚，算是那些單身窯工的宿舍之外，那些有家小的，就在那附近——沿著河邊到通往平場的土坡——東一家西一戶地蓋些小屋。這時，已經將近夜半了，好幾十個窯工擠坐在坡邊趙樂生家的小草房裡，你一句我一句地討論著。門邊，還圍著一堆才給鬧醒的人。

這間草房很簡陋，沒有燈，靠裡的地上墊有一堆乾草，上面鋪著一條發黑的破棉絮；旁邊有隻小木箱，裡面放些碗筷，那隻掛著的鐵鍋上面，有幾隻帶有包衣的玉蜀黍；和幾串長長的大蒜乾辣椒；靠門的那邊，在地上燒著一堆炭火，橫著一段粗樹料，平常烤火煮飯都在這個地方。現在，一盞在坑裡拿上來的電石燈還沒弄熄，在木椽上呼呼叫著。趙樂生和周志遠坐當中，胡有財對著他們靠著那段樹料，其餘的人都圍坐在地上。

「照這樣說，是好是歹我們總得想個辦法！」

讓大家靜下來之後，趙樂生先開口，然後向大家望望。他是一個三十一二歲的漢子，長得又高又結實，留著平頭，顯得臉有點長；在他那雙眼睛裡面，有一種堅定的，又像是凡事都處之泰然的那種淡漠的光澤，兩片闊闊的嘴唇，就說明他不大愛說話，老愛憨直地笑，做起活來比誰都能。——樂生奶奶就怪他爹死得早，不然，她早就該抱孫了——在外表上看，他像是很溫馴；其實，是條牛性子，蠻起來是拿鐵也栓不住的。他之所以安安份份，完全為了自己的娘。也許是由於他的孝順和爽直，窯工們都把他的話當話。他身邊的周志遠呢，身材和年紀都比他小一點，在外貌看起來，他們很相像。只是趙樂生滿腮子都是刮得發青的鬍鬚，而周志遠呢，非但沒有，而且言語舉動比較斯文——這種斯文只能說在某一些時候，因為他生來就是條直腸子，什麼都藏不住，再說，又唸過不少書。在這種年頭和他這種年紀，好像書越唸得多就牢騷越多似的，什麼都看不順眼；所以，每逢這位小地主（他是徐州附近蕭縣的一個地主的兒子）一不順眼，趙樂生就得出來替他打圓場，後來大家都摸透了他的脾氣，只得由他去發作；果然，過了就跟剛才喊打喊殺的人稱兄道弟起來。從胡有財開始說到現在，他就沒停過嘴，連脖子上那兩條青筋都漲紅了。

「他祖奶奶的！」他大聲咒道：「明天老子去跟他拼了！」

「沉著氣——乾嚷有啥用……」一位年老的窯工勸解地說：「就是你把天都叫塌了，那舅子還不是當你卵子癢！」

「啥叫乾嚷？——既然怕事，去睡你的大覺好了！」

「那個灰孫子才怕事！我是說……」

「不用說了，乾脆，不乾嚷的就滾開！明天就讓我去……乾嚷乾嚷給你看看！」

「咱們現在來商量，可不是來鬥嘴的呀！」有人抗議。

「對了對了，大家應該好好的商量商量，看看明天咱們這副牌，是拆開呢，還是留對寶子。」

那個整日像是沒睡醒的賭鬼曾得海，明事達理地伸伸手，然後開始說：「——拆開。頭道殺得過的話，還要看他是什麼尾；萬一頭道殺不過呢，咱們就得通通滾蛋……咳！這年辰，兵慌馬亂的，別說活，連找死都不容易啊！」

「……」

向大家掃了一眼，他接著說：

「我看咱們還是穩紮穩打，後道留對寶子；贏得過就贏，贏不過就和，碰到他拿著雙天至尊，咱們就只好認命了！」

能聽得懂他這套「么五長三」賭經的，沒有幾個，於是悶了一陣的周志遠又發作了。「你就乾乾脆脆的說，咱們認了他的九分息，不就得了！還頭呀尾的個卵！」

「我是說這副牌三天地還沒出一呀！」賭鬼霎霎眼。「你拿得穩他……」

「你奶奶的！」

「呃……不過老曾這些話也不錯。」坐在門邊的李鬍子附議道：「那舅子說得出就辦得到，不忍不忍，咱們都忍下幾年了……咱們單身的怕啥！路邊死，溝裡埋！可是也得替那些有家有小的想想。唉……。說沒志氣的話，再哪個，這裡總算有兩口糒，有個窩。」

「照這一樣說，咱們都回去睡覺算了。」

「你忙去投胎！」站在說話那個人身邊的吼起來：「俺說明天認也好，不認也好，話總得說兩句。要不，個舅子吃甜了嘴，誰敢保險以後每月他不這樣來一手？」

「是呀！」

「話是這麼說，那麼叫誰去說呢？」

看看大家不響，周志遠悻悻地舉起手來。

「你們都不去，我去好啦！」

「不成你去非鬧個兩頭不著邊不可。」趙樂生一直在低著頭，用一支鐵箸撥著炭火，現在聽見周志遠自告奮勇要去，於是他抬起頭，提議道：「我看，還是讓我去……」

「樂生！」

趙樂生回過頭，發現自己的母親坐在草墊上憂怯地瞅著自己。他明白她在想什麼。慰解地向她笑笑，他繼續說：

「他明天不是要進城去，叫咱們向他的婆娘……」

「姘頭！」

「我看那個女人倒是挺好說話的。」

「只有對你，她才好說話！」

「呃！別打岔成不成！」李鬍子厭惡地制止著說：「——樂生哥，你說你說。」

趙樂生紅著臉，跟著說下去：

「我們請她給轉達一聲，求求情……」

「給她磕個響頭好啦！」周志遠不滿意地插嘴。

「我們要這樣說：九分息我們實在吃不起，既然承隊長的情，我們也只好認了。不過，反過來說，這些錢是我們該拿的，所以希望能夠了一半算借，一半算付給我們的工錢……」

「對對對！就這樣說好了！」

「沒有這麼簡單吓！」胡有財搖搖頭，說：「雜種說工錢發不下，怪不了他，是縣裡壓住不發的呀！又說：設法替你們去借——我說九分息太高了，雜種連望都不望我一眼，補上一句：『街上沒有一角，你還別想問呢！』現在，叫他減成四分五，恐怕——不會這麼便宜吧！」

「管他的，成不成也得說說！」

商量總算是有了個結果，就是派趙樂生去求求情。不過，大家還在咕嚕著。周志遠和幾個脾氣暴燥的漢子，當然不滿意這個決議。正在你一言我一語地咒罵的時候，圍在門口的那些人，突然機警地回轉頭。其中一個大聲喝道：

「是哪一個？」沒人答腔。

於是，有幾個人向前面追過去。

「是…是我吓……」一個瘦小得像一隻餓壞了的老鼠似的傢伙，鬼鬼祟祟地從前面的草房背後走出來。尷尬地解釋著說：「我，我出來解，解手……」

趕上去的那個漢子狠狠地推他一掌。說：

「你妹子的！快點報告你的祖宗去！多奏幾本，趕明兒他加你工錢！」

「瞧著好了，事情總要出鬼！」等這個傢伙走了之後，每個人的心裡都這麼說。但，誰也沒有說出嘴來。

八

第二天。

天還是灰沉沉的，工頭馬旺便從煤山趕上鎮來，拍開了大發南北雜貨店的門，來不及跟楊寡婦打招呼，便闖進內房去。在床邊，他將頭湊近馬隊長的耳朵根，吱吱喳喳地咬了個半天，最後，他直起腰來，邀功似地說：

「……這樣，我當然得立刻趕上來了！」

馬隊長哼呀哈的，眼開眼閉地躺在床上。昨夜他跟楊寡婦鬧了一夜的彆扭，快天亮的時候，才將這口氣發洩在「這個像死人似的爛貨」的身上；正想閉閉眼睛，回回神，他這位忠心耿耿的工頭馬旺又老清八早地來了。

「我肏你個八代的，沒好事，不是來告狀，就是又塌了爬龍！」馬隊長心裡這樣想，於是他帶理不理地聽著。可是越聽越不像話。他惱起來。

「居然敢開起會來對付我了，好！我倒要看看這些孫子有什麼來頭！」

「小長富在門外聽得分分明明，趙樂生這雜種說：明天讓我去，我就不怕這舅子——別人不敢惹他，我就非要惹惹他，看他敢不敢把我的屌咬掉！」馬旺接著加油加醬地唸起來。他知道，這事情說得越嚴重，便越顯出他的功勞，何況，趙樂生、周志遠他們又是他自己的眼中釘。巴不得一根根拔掉。於是「螞蝗」撇撇嘴，繼續說：

「——咳，還有周志遠這雜種咒的那些話，別說你，連我都聽不進去！」

馬隊長咬咬唇皮。

「結果嘛，小長富給他們圍著打一頓，打得個皮青臉腫，就差沒斷氣。」工頭壓扁了嗓門：

「我已經……」

「那麼就打發他幾個，」一面用手指掐眼屎，馬隊長一面說：「這小子倒是挺成器的，以後得要……那個他！」

「當然當然，我就是這個意思。」眼看又到手幾個錢，「螞蝗」的臉又紅起來。頓了頓，諂媚地問：「隊長今天——可是要進城？」

向坐在窗子旁邊的楊寡婦瞟一眼，然後示意地對工頭霎霎眼睛，馬隊長揚起嗓子說：

「嗯，我今天要進城去，晚上才趕得回來。」

「要不要留個把人來照顧——他們？」

「你別去打草驚蛇吓！」馬隊長諷刺著說：「你七嫂一個人就照顧得妥妥貼貼的了；有人，反而礙別人的眼。」

楊寡婦憤憤地抬起頭。

「話要明說，別帶骨頭帶刺的！」

馬隊長和工頭會意地笑起來。

起床後，馬隊長趁著楊寡婦出去開店門，趕忙到灶房去轉了一轉，然後再拐出來。邊扣著腰皮帶邊問：

「妳要帶些什麼，就便吓……」

楊寡婦在抹櫃臺，眼圈發黑，沒神沒氣地搖搖頭。

「他們來了，妳就看著辦吧！反正——呃……」說著，他狡猾地笑笑，跨出店門，向鎮北頭拐過去。

馬隊長才走了沒多會，煤山的代表來了，可是又多了一個人。

當趙樂生離開煤山，走到龍頭拐的時候，突然發現周志遠坐在路邊一塊青石上。見了面，他拍拍屁股站起來。

「你在這兒幹啥？」趙樂生問。

「幹啥？陪你一道去呀！」小地主直截地回答。

「你忘了，『螞蝗』前幾天說的，缺一天，要扣兩天工錢？」

「扣光了拉倒！」

「不過，你……」

「我不說話總成了吧！我怕你一個人……」

「難道還怕給他們吃掉！」趙樂生說：「我又不是三歲的小孩！」

「話是這麼說，」周志遠自管自地走起來。「呃，不過，我覺得兩個人一拉一唱的，總比較好些。」

就這樣，他們一起去了。

這頭呢，看見了趙樂生，楊寡婦一時慌亂起來，等到這兩位「代表」進了店，她才回過神。趕忙拉下圍裙來擦手，轉身的時候，順便理理頭髮，笑著向他們迎過去。

「請坐請坐，」拉過一條長凳，她殷勤地說：「你好久沒到鎮上來了吓……奶奶身體可好？」

「托福，還是一樣。」

「今天怎麼……」

看見楊寡婦老是瞧著自己，趙樂生的耳朵熱起來。搓搓手，他斜了「小地主」一眼，然後害臊似的說：

「今天，呃，我們來——請……呃，請七嫂幫幫忙……」

楊寡婦拍拍袖口上的灰，吃驚地揚起頭。

「喲！罪過罪過，那還用得著說請哇！你儘管吩咐好了。」楊寡婦揚揚眉毛，有意向對方使個眼色。「而且說來，又是你——樂生哥的事……」

「不！不！」趙樂生連忙否認：「是我——我們大家的。」

「總歸是大家請你來的哇！」

這邊老實地點點頭。

「先坐坐噢。」說著，楊寡婦忙著去張羅茶水，還特意將昨天集上買來的京菓蜜餞抓了一大碟來，週週到到地擺在桌子上。在他們的面前坐下之後，她故意熱心地問：

「究竟是啥個要緊事哇？」

「就是……」

「工錢！」周志遠直接地說出來。

「啊！對了，他交代過我的。」楊寡婦裝出一種為難的神情，又像是憐惜似的說：「——叫我來做難人呀！」

接著，趙樂生將昨天夜裡商議妥的話重複一遍。不過，他始終不敢抬起眼睛去看她，只是低著頭，轉動著手上的茶碗。收尾的地方，他不由自主地嘆起氣來。

「……」他說：「就請……七嫂替我們這些窯工想想看，得要怎麼樣，才活得下去！」

「唉，是哇！」楊寡婦跟著皺皺眉。討好地說：「我也常勸他，叫他做人莫做得那麼絕，今世不修，修來世……」

坐在一邊的周志遠磨磨牙齒，將她的話岔開：

「修不修倒不說，要工錢還要付利息，天下間也找不到這種怪事吧！」趙樂生用肘推推他，他沒理睬。「——我說要欺，就欺那些大好佬，欺我們這些難民，不見得有什麼光彩！」

怕出了岔子，趙樂生連忙用話蓋住他：「我……我說七嫂！」

聽見趙樂生這一叫，楊寡婦將周志遠的那些冒失話忘得一乾二淨。衝著他笑笑，臉上跟著飛起兩朵紅暈，眼睛下面微微起的青痕像是也淡了點。半嗔地說：

「算了，算了，你還跟我嫂呀嫂的——說來，我的歲數總比你小哇！」

「……」趙樂生咽了口吐沫，不順嘴地繼續說：「九……九分利，我——我們真的吃不起啊！」

「這樣說，說到明天也說不完！」小地主心裡想。他很不佩服這位代表的口才，吞吞吐吐的；就是伸手向人家討，也用不著裝出這副可憐相呀！於是他接著說：

「吃不吃得起，倒是小事……」

「代表」趕忙尷尬地笑笑，止住他。

「我是說，請七嫂替我們做個主，跟隊長求求情。是該揹九分呢，還是四分五？——總之，七嫂說怎麼樣，我們就怎麼樣。」

給趙樂生這樣一說，楊寡婦為難起來。她想：假如要他們認九分，未免說不過去；但只認一半呢，這：「挨刀的」是寧可再跛掉一條腿，也不肯依的。想了一陣，她突然記起馬隊長臨走時說的那句話，他既然叫自己看著辦，那麼辦怪了，他也莫奈何哇！而且，扣壓那些窯工的工錢，又是實情。

「管他的，我就照四分半算給他們，看雜種回來又把我怎麼樣！」打定了主意，她抬起頭，緊緊地盯著這位有點怔忡不安的代表，輕輕地說：

「我說——樂生哥……」

「嗯……」代表憨直地笑笑。

周志遠坐在一旁，越看越蹩扭。他想：這「爛貨」準是又在勾引趙樂生，哥呀哥的，聽得人渾身發麻。不過，也好！只要能夠了減成四分半，就讓她……

於是，他借故站起來，知趣地走開了。

等到小地主出了店，他們才回過頭。楊寡婦猶豫了半天，才像是害臊似的又叫了一聲：

「樂生哥！」

趙樂生跟著六神無主起來。他紅著臉，含糊地應著。

「就照你說，算四分五好了！」

「可是隊，隊長……」

「他的事，由我來承擔。」她向他湊過臉。「這完全看在你的面子，換別人，我才……」

「是。呃，是……」

「——說嘛！」

趙樂生想了想，自以為很得體地說：「咱們窯工保祐妳添丁發財。」

楊寡婦驟然低下頭，隔了一陣，才壓低嗓子問：

「你說我替誰添丁發財？」

「呃……」

「你看不起我，也用不著用話來挖苦我吓！」突然，楊寡婦傷心地掩著鼻子。

「呃，我——我是說……」

「你當我是甘心情願跟他的呀？」說著，她猛然將頭抬起來。

趙樂生一時沒了主意，不知該怎麼樣才好。抬起手，又放了下來，摸摸衣角，總不大對勁；想說幾句話，卻支吾了半天。結果還是說不出話。

「呃……」

「其實，我心裡也明白，」楊寡婦繼續說：「鎮上的人見不得我，咒我……怪得誰！自己的命苦哇！那一個知道我的苦處？說出來，又有那一個相信——現在，連你都……」

「七，七嫂……」

跟著，她抽泣起來。

這一哭，趙樂生慌了。他想：楊寡婦平常對他，憑良心說，倒是比對誰都好些，賒賒欠欠不說，逢年逢節總包些吃的用的，送給他的娘。雖然他十分明瞭她的用意，自己呢，也著實有點喜歡她；不過，他知道這是塊狗嘴裡的肉，所以每逢她話裡有話的時候，他只好裝裝糊塗。可是現在，她竟然哭起來。

「給別人瞧見，又是麻煩事兒！」趙樂生心裡說。便伸手去拉拉她的袖子，勸慰道：「七嫂，我的話是無心的呀！」

「聽的人難過哇！」楊寡婦抬起眼睛，直直地盯著他，微嗔地問：「你說，我那一點虧待過你？」

「……」

看看他這副神情，她笑了。

「說哇！」

「……」趙樂生低下頭。「我姓趙的沒念過書，可也是奶餵大的，七嫂妳對我好，我時時掛在心上，日後總要找個機會報答妳。」

「只要不把我忘記，就夠了了。」楊寡婦看見周志遠走進來，連忙認真地低聲結束她的話。然後謹謹慎慎地和他們結算工錢，那些零頭尾數讓馬旺來跟他們總結。臨走的時候，還將一包早就預備好的京菓軟糕塞給趙樂生。

「帶去給奶奶吃，」她慇難地說：「今年沒什麼好的……」順勢緊緊的捏住他的手，她含情地笑笑，再叮嚀一句：「尾街你來吓！」

直到這個窯工走遠了？楊寡婦還呆呆的站在門首，在想著趙樂生那句話。

「日後總要找個機會報答妳。」想著想著，她幾乎要笑出聲音來。可是，等她一返轉身……她怔住了，渾身冰冷。

這邊，馬隊長已經在內屋的門檻上。早上他才拐出北柵門，工頭馬旺便跑來給他報信，說是那兩個「龜孫子」已經來了。

「他妹子的，今天準有好戲瞧！」他乾澀地笑笑。便返身由鎮西的田坎邊向大發南北雜貨店的後門走去。門是在早上預先開了門的，進去後，他悶聲不響地躲在內室的門後面偷聽。

現在，他交抱著手，靠著門邊，向失魂落魄的楊寡婦掃了一眼，他冷冷地笑笑，低聲問：

「妳料不到吧！」

「……」楊寡婦無力地垂下頭。

「很好，今天的事情妳辦得很不壞……」突然，他的臉色一沉，乖戾地叫起來：「妳瞧著，過了這個年，讓老子來收拾他！」

九

一轉眼，年就到了。儘管城裡在興過什麼洋曆，但鄉下地方到底還是鄉下地方，脫不了俗。總之，上魏的年景，就跟往年一樣。這也許是鄉下人的一種傳統，像是再窮，再哪個，年總得要過，而且還要過得像個樣；不然，就對不起祖宗三代似的。一直忙到送灶，才將這口氣鬆歇下來，安安穩穩地坐在家裡過這個年。

開了春，上魏就開始歇市了。家家戶戶的板門上都換了副新門聯：幾個閒得無聊的小伙子在街上一邊走，一邊敲打著鑼鼓：穿著新衣裳新鞋子的小娃兒們躲在牆根放鞭炮，攢落地響；男人都整整齊齊的穿著一身在平時難得穿的長衫，走起路來怪蹩扭的，而女人家更是爭奇鬥艷，恨不得將出嫁的鳳冠都戴起來……

鎮南頭的場子上，已經搭起個戲臺，馬隊長由城裡請來的小戲班，在傍晚的時候就開鑼了……

入黑，由省城開出的那班冷冷落落的夜車在上魏站停了停，在它正要開走的時候，尾後那節三等車廂跳下來一個穿棉軍服的漢子，他慌慌張張地將手上的車票向站在木柵邊的站員手上一塞，便低著頭向左面通到鎮上的小路走過去。

他一面邁開大步走，一面低低的沉吟起來。

「我總算是回來了！」

看看小道兩旁的白楊樹，前面烏黑的小松坡和鎮南頭場子上明亮的燈光，他從那厚厚的嘴唇上浮起一層笑意，好像要聽聽清楚那傳過來的鑼鼓聲，他微微地偏過頭。這是一種多麼奇妙的感覺！他記得自己曾經這樣走過，但記不起是在小的時候，還是在夢裡——幾乎是完全一樣的，這條小道，風吹著嘩嘩響的白楊樹和這種樹脂的氣味，在四面也有薄霧；而這鑼鼓聲呢，他想得更遠了，他記得哪個時候他還很小……

於是，他不由自主地將腳步加快起來。

可是當他走進鎮北頭的小木柵門，他又開始害怕起來了。他一時不能分析自己的這種感覺是為了些什麼，不過，他的確是這樣。

這條彎彎曲曲的直街是沉靜而黑暗的，但兩旁店屋的門縫間都有燈火漏出來，貼在那條他現在看起來要比記憶裡狹窄了許多的青石板道上。他慢慢地走過去，細心地看看那些熟悉的商店招牌，那些曾經在他的記憶裡淡忘的人，又在他的眼前浮現出來。

一個漢子哼著小調走過他的身邊，他隨即回過頭看看，那個漢子的相貌聲音，他彷彿看見過和聽見過，但他並不認識他。

後來，他的腳步終於在長慶酒樓的門前停下來。

害怕走錯了人家，端詳了又端詳，他才敢伸手去敲那扇板門。

裡面沒有一點聲音。「會不會已經到場子上聽戲去了？」他問自己。可是他的手仍繼續在敲著。

隔了好些時候，才有一個疲倦的聲音問：

「是誰？」

「我！是我！」他低促地回答。

屋子裡面，劉鎮長獨自靜坐在空無一人的店裡喝酒，後面香案上燃著的燭光在跳動著。他坐在哪兒已經有好幾個鐘頭了，他還不想離開；這倒不是他還想喝酒，他只覺得這樣才比較舒暢一點，因為這樣他可以想到許多事情：他知道自己是老了，他也感受到寂寞和孤獨，雖然回憶是一件痛苦的事，但，在這個時候，就像杯子裡的酒一樣，也只有回憶才能排解開這份寂寞和孤獨。現在，他扶著橫七豎八的桌椅摸近店門，他以為這又是好心的鄰舍來催他去看戲，可是當他發現門口站著一位面色黧黑的男人，當他發現那雙深沉的，使他止不住顫慄起來的眼睛，平直的鼻樑，和那厚厚的嘴唇。他整個人僵住了。

「啊！」他驚惶地低喊道：「你……你是大貴娃吓！」

那漢子熱切地笑笑。

「爹！是我。」

劉鎮長突然被一種從心裡面發出的強烈的力量使他振作起來。他失措地去拍拍那漢子的肩膀，用一種慈愛的聲音說：

「我還當你已經死在外頭了呢！」

「——只差一點點！」那叫做大貴的漢子隨口說。

讓他進了店，劉鎮長又慌亂又慇懃地拉過一把凳子，示意地要兒子坐下來。然而，那漢子卻呆呆地站著向四週打量了一下，他注視著香案上的神牌，跟著，他的眼睛灰黯了。

「爺爺和娘怎麼啦？」他沉下聲音問。

劉鎮長乏力地垂下頭。

大貴摸著凳子坐下來。隔了一下，又問：

「病死的？」

劉鎮長點點頭。

沉默開始了。劉鎮長不時抬起頭去窺望著自己的兒子。最後，他忍不住說了，

「你連信都懶得寫回來啊！」

「……」

「你娘去世的時候……」父親哽咽起來。

大貴這才從那深沉的默想中清醒過來。嘆了口氣，他向香案走過去，背著他的父親。

「我對不起娘……」接著，他猛然回轉身，激動地說：「勝利後，部隊開到東北去剿匪，要回也回不來呀！這次——要不是……」

劉鎮長緊緊地瞪著他，看見兒子不接下去，他才憂怯地問：

「怎麼？這次怎麼？」

大貴頹然回到座位上坐下來。

「我開小差回來的！」他痛苦地回答。

「開小差？」劉鎮長重覆著。

「……」

「可是，要抓的呢？」

「躲一些時候就好了。」

劉鎮長急忙站起來，過去打開店門望望，加上門閂，然後再回到兒子身邊。

「現在比不得往年了哇！莫說藏一個人，連一隻……」

「用不著擔這個心，」大貴說：「換套衣服不就完了，誰曉得我是吃糧的？」

「話是不錯！哎——紙包不住火吓！你不知道那雜種姓馬的……」

「誰？」

「馬老五的兒子！他現在是鎮上的皇帝！假如給他曉得了……」

「那有什麼好怕的？」大貴反問道。

「咳！我跟你說年辰不同，什麼都變啦！就拿包家來說，包大爺在和平政府做了幾天官，連煤山都給這雜種接了！總之，說來話長！」頓了頓，劉鎮長突然想起來。「——啊！我倒忘了，你還記得小蓮姑……」

大貴急急地截住他父親的話，問：

「她還住在龍頭拐？」

「當然在……」

「哪年她省城的姑姑家不是接她去嗎？」

「人在人情在！」劉鎮長深長地嘆息起來。「包大爺一走，包家就算完了」！總算上天保佑，還保住老宅，不然……」

「啊……」大貴記得小蓮姑的臉是圓圓的，拖著兩條辮子，笑起來，嘴邊就有兩個深深的酒渦；他又記起那個時候，他常常跟她到龍頭拐老宅後面的池塘裡蹬茨菇，或者就在園子裡跳屋子。他想，假如不是因為她的姑姑要接她到城裡去，他是怎樣也不肯跟娘舅走的。

他驀地站起來，向店門走去。

「你要到哪兒去？」劉鎮長在他的背後問。

他回過頭，想了想才回答：

「到場子上去走走。」

「你這身衣服？」

「晚上，誰還注意。」

說著，他拉開門閂，向明亮的鎮南頭走去，

劉鎮長站在門口，直至兒子的身影轉出木柵，他才掩上門，再到店堂裡來，他覺得心跳得很厲害，昏惑地喝了一口酒，就像那些酒已失去了原味似的，又茫然地站越來。向神枱走過去……

十

場子的戲臺上，掛著兩盞耀眼的汽燈，在唱著那齣討吉利的「富貴滿堂」。臺下，老老小小地圍了一堆，湊熱鬧。那些老頭子咬著煙桿，表示自己的見識廣，也跟著輕輕地沒頭沒尾地哼，哼亂了，便咂咂嘴，向身邊的人笑笑。那笑的意味，像是表示那戲子應該跟他唱才對似的；而那些老太婆呢，倒是安安份份地睜著那發紅的風濕眼，微微地張著嘴，最多，也不過嗯一聲，表示自己看得懂就是了。至於那些穿短襖的小伙子和姑娘們，卻在偷偷的眉來眼去，或者借故搭起訕來……

大貴在場子人堆後面轉了轉，他並不想聽這種枯燥無味的社戲，只想在哪兒窺望窺望，看看那些已經長大，或者已經老去的熟人，這本來是毫無意義的，但，當他走出鎮南頭的木柵時，他又不能克制自己這種慾望。

逗留了一些時候，他順著西面的小路，向沉沒在黑暗中的包家屯走去。

他的腳步越邁越大，越走越快，將近二里鋪的時候，他摔了一跤。

「怪事兒，以前就是閉了眼睛也不會哇！」他自言自語地喃喃起來。拍拍身上的泥灰，他又繼續向沉黑的小土崗走去。

他在走，風在他的頭上吹，有狗的吠叫和松球落在地上的聲音……

「她今年二十三歲啦！」他哼了一陣兒時的小調，又開始想。可是，要想的太多了；於是他又開始準備，要向小蓮姑說些什麼話，當然，最後要問她願不願意嫁給他。想到這，他突然感到悶熱起來。跟著，他幻想著當她嫁給他以後的許多事情……

走下土崗，轉過一條傍著一條水溝的小路，便是包家的屯口了，再穿過一座青松林子，就可以見到在山邊的包家老宅。在小的時候，他記得自己總是喜歡由一棵老桃樹爬過圍牆的，尤其是桃子快要長大的時候，他幾乎每天都拉著小蓮姑到哪兒去，或者他騎在牆頭上學貓叫，逗她出來。

而現在，他卻向園門走去。

但，他拍了很久的門，裡面仍然毫無聲息。由園門的縫隙向裡面張望，黑沉沉的，連一點燈光也沒有。已經睡了嗎？他想，可是時間並不太晚，而且——

突然，一個怪念頭使他繞著圍牆，走到那棵桃樹哪兒去。他伸手去摸摸那結實而光滑的樹椏，然後敏捷地聳身爬到牆頭上。

窺探了好一會，他用手圈著嘴巴，用一種顫抖的聲音輕輕地叫起來……

園宅裡，依然是一片沉寂。

又叫了些時候，他感到絕望了。而正當他要想跳下圍牆的時候，他隱隱地聽到一種輕輕的腳步踏在枯葉上的聲音，可是，並不是發自園子裡。而是在他的身後。

漸漸地，他看見一個黑影向桃樹走來。

「誰？」他低聲問。

那個黑影站住了，以一種激動的聲音反問：

「是大貴？」

來不及回答，大貴跳下來，低促地叫道：

「是妳啊！小蓮姑！」他過去接住她那冰冷的手，然後緊緊地抱著她。「我還以為妳……」

小蓮姑並不反抗，她溫馴地將臉貼在大貴的胸膛上。這許多年來的哀怨，在這一瞬間全部消散了。彷彿她已從這男人擁抱中得到一個安全庇護所似的，她閉著那雙被淚水潤濕的眼睛，夢幻似地說：

「大貴，我知道是你……」

「怎麼會？」

她抬起頭，說：

「我等著聽這種叫聲，已經好多年了！」

「啊……」

「而且，我接連好幾天夢見你，你相信嗎？」

「相信，當然相信！」大貴放開她。

小蓮娘幸福地笑了。

「我們在樹下坐坐！」她要求著說。

坐下之後，大貴發現靠著樹根的地上，就像多年以前一樣，鋪著一層厚厚的松葉。於是他笑著說：

「妳記得，這是我們以前的窩呢！」

「現在還是我們的。」小蓮姑用手圍著他的脖子，伏在他的肩上，情意綿綿地接著說：「我天天躺在這個她方，在數那些桃子，我知道你總有一天會回來的！哦……」她用手去摸摸他的領口和衣鈕，輕聲問：「告訴我，你是怎麼回來的？」

大貴捉住她的手，將話岔開。

「既然回來了，就別問這些。」他說：「我先問你，這幾年……」

小蓮姑感傷地嘆了口氣。

「你回家了吓？」她問。

「嗯，」他點點頭。

「你爹沒有告訴你？」

「他只說了幾句，我借故趕來了。呃！他說什麼馬隊長的，究竟是什麼事？」

她忍不住咒罵；

「他再投一百次胎，也休想碰我一根汗毛哇！」

「他打你的主意？」

「那年我爹走了之後，這挨刀的就來接山了，他一天到晚往這裡鑽，娘又怕事，不敢得罪他；後來我罵過幾次，他就不再來了，聽說現在他跟楊七的老婆……」

大貴撫摸著她的頭髮，有意味地說：

「我還以為……」

她急急伸手去捫他的嘴，深情地低聲道：

「你放心，除了你……」

「你真的肯嫁我？」大貴興奮地問。

互相注視了一下，她突然撲倒在他的胸膛上。她緊緊地用顫抖的手指抓著他的衣襟，喃喃地重複著說：

「別丟掉我吓，大貴，我永遠是你的！永遠是你的！」

十一

大貴才轉身離開場子，工頭馬旺趕忙挨到戲臺前面，神神秘秘地和馬隊長咬起耳朵來。而鑼鼓的聲音又太噪耳，他鼓紅著臉，吱吱喳喳了半天。然後才停下來，顯得有點焦急地搓著手，靜靜地瞅著臉色陰鬱的馬隊長。

突然，坐著的馬隊長猛然抬起頭，動了動眉毛，緊張地說：

「你敢擔保——就是他？」

「他就是化了灰，我也認得出來呀！」馬旺回答。

馬隊長「哦」了一聲，低下頭。正巧這個時候臺上的戲正熱鬧，但，他一句也聽不進去，心裡只覺得煩亂。對於這個消息，他越想越不是味兒。其實，大貴回來了，沒有什麼值得大驚小怪的，不過，馬旺說得清清楚楚，他穿著一身棉軍服。以他的看法，一個吃糧的倒著實要比十個鄉巴佬懂事些，至少，見過些世面。他在上魏幹這個自衛隊長，這個煤山，連他現在也得承認，只能唬唬鄉下人，而大貴呢，在城裡進過學堂，知書識墨，而且還當過兵……

想到這，馬隊長生怕馬旺看錯，又追著問：

「他真的穿著棉軍服？」

「我的眼睛還差得了嗎。」

「那麼，你看見他領口上掛的是什麼花？」

「花？」

「階級，呃，你不懂……」於是，他用手比劃著。「——槓槓？還是圓圓的花？」

馬旺搖搖頭，結結巴巴地回答

「這，這我倒…沒…沒注意吓。」

頓了頓，馬隊長摸摸下巴，索性站了起來，向鎮南頭的柵門走去。馬旺惶恐不安地跟在後面，心裡在怪自己為什麼不看看清楚大貴衣領上的什麼板眼。

在木柵邊，馬隊長像是記起什麼似地停了腳。

「你說，」他緊緊地盯著馬旺，問道：「他是朝煤山去的？」

「嗯！他在後面轉了轉，就走了。」

「他上山？」

「準是去看小蓮姑呀！」

聽見馬旺提起小蓮姑，馬隊長的臉跟著熱起來。從哪年開始，他一直怕提這件事。可是，他常常想起，尤其是近來楊寡婦那種要死不活的態度，他一看見就生氣，所以對於小蓮姑的非非之想，又漸漸地動起來。他一直在安慰著自己，只要給他抓住一個機會，或者一點點把柄吧，「就看這小婊子逃不逃得了」。現在聽見馬旺說大貴連夜趕去看小蓮姑，就像是這一來，小蓮姑就會給他搶走似的，他竟然冒起火來。連他自己，也弄不清楚打從那兒來的這一股酸勁。

「㚒他娘的！」他咒罵道：「我倒要看看這小龜孫的本事有多高強！」

「話倒不是這樣說啊，隊長！」馬旺有分寸地說：「大貴和小蓮姑，從小就在一起，而且，劉家又沾著包家一點親——再說，他當了官回來，誰也料不定哇！」

「……」

看見馬隊長不響。馬旺繼續說：

「還有，大貴從小就是塊硬骨頭，這次回來……」

「回來了又怎麼樣？」馬隊長不悅地叫道。

「他總要找個事情幹吓，比如……」

馬隊長惡聲惡氣地沉下聲音：

「你是說這個隊長？」

「……」馬旺遲疑了一下，吞吞吐吐地說：「街坊上……呃，您犯了眾吓！一旦，呃，他們要保他出來……」

「保他出來？」馬隊長狡猾地笑起來。「我才不在乎幹不幹這個——屌自衛隊長呢！」

「可是，問題倒不在這……」

「……」驀地，馬隊長止住笑。瞪著那雙爬滿了血絲的牛眼。

給他這樣一來，馬旺到了嘴邊的話，又縮了回去。

「呃，問題……」他含糊地唸道。

馬隊長本來就不開心，給他這幾句話一說，心裡的火已經燒到眉頭了，現在他居然賣起關子來了。一氣之下，他大聲嚷道：

「說呀！」

「我，我是…說——煤，煤山！」

馬隊長放開馬旺，虛張聲勢地叫道：

「煤山？誰敢碰碰煤山！」

「……」

「誰敢！」

「……」

怕讓馬旺瞧見自己的神情不對，馬隊長故意將他使開，然後轉身向長慶酒樓走過來。他一邊走，心裡一邊在想：

「不管怎麼樣，倒要先探探劉鎮長的口風，作個準備。」

十二

打開店門，劉鎮長沒料到進來的是馬隊長；還沒來得及招呼，馬隊長便衝著他有意味地乾笑起來。

「鎮長，恭喜恭喜！」他怪聲怪氣地唸道。

劉鎮長困惑而憂心地讓他走到裡面去，當他正要等待這位自衛隊長將他正在擔心的事說出口，馬隊長又接著唸起來。他說：

「這一來，你就不再孤孤單單了哇！」

劉鎮長打了個冷顫，連忙不順嘴地說：

「嗯，這，還不是……呃，託您的福。」

「那裡那裡！」馬隊長心裡踏實了，他坐下來。直截地說：「大貴哥當了官回來……」

「哦……」

「以後還得請他處處照應啊！」

劉鎮長眼睛突然發黑，他隨手抓住背後的檯角，含糊地應著，借故去給隊長張羅茶水。

馬隊長霎霎眼睛，看看劉鎮長的神色，覺得有點蹊蹺。再想想，有點明白過來。於是他接著提高嗓子，詰問：

「這次，他是怎麼回來的呀！」

「呢……」劉鎮長昏亂地呆了好一會，才顫著聲音，近乎求饒地嗄聲道：「不敢瞞您隊長，他——他是逃回來的！」

馬隊長推開杯子，霍然站起來。

「逃兵是要抓的啊？」

「所，所以——呃，請您……」劉鎮長顫慄著，繼續哀求：「——一切多多包涵！我只有，他，這——這一個吓……」

「我倒無所謂，」馬隊長冷冷的說：「可是城裡天天在抓那些散兵遊勇，而且，鎮上萬一發生個什麼事，我可擔當不起哇！」

「難道你還不放心大貴？」

「這年頭，人心隔肚皮，誰也不敢擔這個保呀鎮長——再說，八路鬧得這麼兇，說變就變！他這幾年在外面……誰知道他是幹什麼的？」

總之，這次談判的結果，馬隊長「看在劉鎮長的份上」，讓大貴在兩條路上選擇其中的一條。那就是說：假如他不立刻離開上魏的話，就得「安安份份」待在家裡，不許離開一步。否則，那還用說，這位自衛隊長能夠了舉出幾十個假定的後果來恫嚇這位軟弱的父親。這個時候，劉鎮長立刻替自己的兒子選擇了後面一條路，而且再三向馬隊長保證，他絕對能夠了使大貴安安份份地待在家裡。

場子上的戲早就唱完了，馬隊長才離開長慶酒樓。起先，他倒想等到大貴回來再走，因為這樣他可以當著他的面給他來個下馬威。而且，又有把柄在自己的手裡，就是再硬，也不怕他不乖乖地由自己擺佈。可是，大貴一直沒有回來，現在，他等得有點不耐煩。而且喝到肚子裡去的酒開始作怪了，於是他伸手去狠狠地擦擦臉上那些發癢的酒刺，又開始計劃回去怎樣找楊寡婦的錯處，然後怎樣在她身上發洩。但，當他正要走的時候，店門開了，進來的正是大貴。

馬隊長站在門邊，輕蔑地打量著剛進來的大貴。劉鎮長慌忙吶吶地替兒子介紹。

「哦……」大貴向前挪了一步，不甘示弱地說：「原來就是我們的——自衛隊長！」

「大貴！」父親制止道。

而馬隊長呢，他只冷冷地笑。

「大貴哥，」他說：「你既然回來了，當然是件好事——可是你身上有屎，臭味自己總聞得出來的啊！」

「你！你說什麼？」

「隊長……」鎮長截住大貴的話為難地勸解著：「你別見怪吓！總之，絕對照……照你的意思！」說完，他跟著回過頭，向兒子命令道：「大貴，你到裡面去！」

大貴忿忿地橫了馬隊長一眼，然後有點無可奈何地向店堂走進去。可是剛一舉步，背後的馬隊長又說了，聲音提得老高，像是這些話主要的是對大貴，而並不是對劉鎮長似的。

「鎮——長！」他要脅地說：「我是賣你的面子，不計較這些，不過，還是我那句話啊！要嗎，走！要不，就得給我乖乖地在家裡。我話說在先，不要到時又說姓馬的手段太毒辣吓？」大貴站住了，聽完這番話，他安安靜靜地返身向他們走過來。

「姓馬的！」他說。

鎮長伸手去推開自己的兒子，一邊喝道：

「大貴，不許你多嘴！」

這邊，馬隊長可給他惹火了。他陰詐地說：

「嘿！我說我們大貴哥穿了一身二尺五，倒真的神氣起來啦！不過，你別忘了，你是逃兵！只要大爺高興，哪一天想抓你，就能夠了抓你——這裡，可比不得別處吓！」說著，頓了頓，突然惡毒地獰笑起來。他向大貴湊過身去，說：「我給你說，新四軍在鄉下窮鬧，縣裡三番五次叫我們留意，所以……」

「什麼，你把我當共產黨？」大貴喊道。

馬隊長半理不理地扭開頭，說：

「共產黨的額上沒有刻字，誰知道誰是誰不是！」

「隊長！」受了驚的劉鎮長現在才回過神，有點絕望地向意態淩人的馬隊長懇求道：「一切都看在我的面上，見……見不得怪吓！」

大貴用手按著他的父親，咬著牙，痛恨地說：

「不錯，我是個逃兵，誰都可以抓我。可是——隊長你自己……」

「我！我怎麼樣？」馬隊長低促地反問。

「怎麼樣？」大貴苦澀地笑笑，繼續說：「隊長——你的所作所為，我看，自己總比別人清楚一點吧！」

馬必正微微偏著頭，小心地聽著，那兩條黑毛蟲似的眉毛，一高一低地在動。他想不到大貴敢反抗自己。而且還敢坦坦白白地承認他自己是可以抓的逃兵。現在他的話裡有話，他聽得很明白。

「一定是小蓮姑這小婊子向他說的，要不然，他才回來，怎麼會知道呢？」他心裡一面在想，一面在盤算。最後，所謂好漢不吃眼前虧，硬的不來軟來。於是他隨即變了一副嘴臉，低下嗓門，有點理屈地說：

「大貴哥，說你誤會我的意思，你真誤會我的意思——我是一番好意哇！」

「你的好意，我心領了！」大貴隨口道。

「……」像是受了委屈似地看看劉鎮長，馬隊長接著說：「你爹照應過我姓馬的，我姓馬的也沒虧待過你們。你娘和你爺去世的那年借給你爹的那筆錢，直到今天，我姓馬的連提也不再提，這還不夠了交情？你逃回來，我漏夜趕來通知你，讓你小心一點，躲些時候再說，這還不夠了義氣？那麼，我說大貴哥，你是有知識的，請你自己評評看。」頓了頓，他繼續解釋道：「好！就算我姓馬的言語方面冒犯了你，也用不著光這麼大的火嘛！」

眼看這情勢緩和下來，劉鎮長感激地叫道：

「必，必正兄……」

馬隊長望望沉默不語的大貴，借著這個下臺的機會，他過去用力拍拍大貴的肩膀。「好啦？說來我們都是自己人，」他說：「有什麼解決不了的。總之，一切小心為妙，真的出了岔，大家都不會好過。」說著，他轉頭去望著鎮長。「我走了，讓你們爺兒倆多談談，明天晚上我來替大貴哥洗塵吓。」

「挨刀的」走了之後，驚魂甫定的劉鎮長返身凝望著沉肅的兒子，然後慈愛而關切地抱怨他不該去惹禍。

「誰惹著他誰就倒霉！這雜種不是人哇！」

「照您的意思，就由他欺負了？」大貴不以為然地分辯道：「再這樣下去，上魏什麼都完了！」

父親疲乏地坐下來，心灰意冷地喃喃道：

「這年辰，什麼都得忍耐點——好人也難做哇！」

「忍耐，不是辦法，」大貴接著說：「您是一鎮之長，鎮上的事，您總得過問過問。」

「話是不錯，可是……」

「您怕惹他，只好由他作威作福——還有，煤山這件事！」

「哦——這……這與我無關吓！」

「事情可不能這樣說，您不能說與您無關，就不要負責。您知道您是上魏的鎮長，包家屯還是歸您管的！」

「……」鎮長憂怯地垂下頭。

「不過，您也不用擔這個心，只要幹，慢慢地總會改過來的。」大貴走近他父親的面前，堅定地說：「我可以幫您的忙！」

十三

自從大貴回來以後，包家屯關始變得有點生氣了。其實，什麼也沒有變動，只是小蓮姑這樣覺得就是了。當然，包大奶跟老媽子楊媽——也看到這一點，也替她喜歡。有些時候，也故意說些話逗逗她。尤其是楊媽。

「我看著她長大的哇，她心裡安什麼眼我會不曉得！」她一面說，一面用袖口抹抹眼睛，然後向包大奶建議：「這些年，真虧得她吓！唉！真是的，大爺一走——什麼都不提啦！我看大貴這孩子……」

包大奶給她這樣一說，忍不住又心酸起來。她記得自己一向是反對丈夫去做這什麼「倒霉官」的，如果那個時候，包大爺肯聽她的話，那麼這幾年也用不著受這種苦了。所以，一想到這件事，她就恨。可是接著呢，她又惦記起自己的丈夫了。走了幾年，是死是活，信都沒來過一封。於是，她一天到晚求神拜佛，燒香許願，一來是為了丈夫，二來呢，就是自己的寶貝女兒。起先，她還不覺得什麼，可是自從那年「挨刀的」整天向這裡鑽之後，她才開始擔起心來。再說，今年已經二十三啦，大姑娘家，總不能不嫁呀。所以這天她聽了楊媽的話，就立刻交頭接耳的兩個人商量了半天，最後，才決定兩個人分頭向劉鎮長跟小蓮姑探探口氣。

所以第二天楊媽到鎮上的時候，便到長慶酒樓去找劉鎮長，先借故找些閒話說說，然後再談到正題。而劉鎮長呢，早就巴望著這門親事，於是一口便答應下來。

「他們既然都有這個意思，」他快活地說：「我們年紀老的也樂得了卻這一樁心事吓——我看，大貴娃，最近每天都回來很晚……」

「我知道，他們哪一件事情瞞得了我——他每天晚上都來，還是小時候的那種鬼花樣，學貓叫。小蓮姑一聽到這個聲音呀，就像是落了魂似的。我說——」楊媽巴結地湊過頭，悄悄地說：「還是快點好——您是知道的吓，我喜歡說老實話，要是把肚子弄大了，給人家看笑話哇！」

「哦！」劉鎮長低喊起來：「他們……」

「早就哪個啦！其實，也難怪，都二十來歲了，老底子的話，孫子不敢說，兒子總有個把了吧？」

「那麼……」

「就請個媒人來好了！」

「大奶奶那邊呢？」

「有我——只要他們以後不要忘了我就成了。」「我看著她長大的哇，她的事，就是我的事，我那一點不清楚……」

再聊了一陣，楊媽急著要回去，出了長慶酒樓，她又就便跟街坊上的娘兒們聊起來。才沒多大會兒功夫，這個消息就在鎮上傳開了。不過，楊媽還算厚道，她沒有將大貴和小蓮姑每天晚上在園外的桃樹下面談情這件事說出來。

至於這樁親事，可以說鎮上沒有一個人反對。

「人家大貴娃知書識墨，也在外面穿州過府來的，憑那點說，總要比『挨刀的』哪個哇！」

「聽『挨刀的』說：大貴是逃兵呢！」

「放他娘的狗臭屁！他自己就不是好貨色！」說的人惱火起來：「人家大貴回來了，雜種就不敢亂來了哇！以前三捐兩稅的，就憑這『挨刀的』開口。現在，他娘的，連燈油費也給取消了——要不是因為大貴，雜種會肯嗎！說他是逃兵！再過兩天還說他是新四軍呢！」

不管街坊上怎麼說，總是實話。自從大貴回來以後，上魏倒的確是過得太太平平。大貴並沒有理會他爹的阻止，他看見什麼不順眼，就得管。而馬隊長這「挨刀的」呢，也明白這個隊長是怎麼幹起來的，自己這一套，對鎮上這些鄉巴佬，還唬得過；對大貴呢，就有點使不出來了。他認為唸過學堂，他不怕，可是當過兵呢，就難惹了。現在眼看大貴處處找他作難，而且鎮上的人又支持他，所以他什麼事都有點顧忌，不像以前那樣為所欲為。人麼，也和善了點，不要說對別人，就拿對楊寡婦來說，就跟以前大大不同。可是對大貴呢，是越看越不是味兒。

「肏他八百代祖奶奶的，小蓮姑這小婊子居然給他候上了——走著看，遲早總有那麼一天的！」這些話，每逢馬旺在他的面前搬弄是非，或者有什麼關於大貴和小蓮姑的事流進他耳朵裡去的時候，「挨刀的」總是重複地咒著。不過，碰到這種時候，楊寡婦就會不冷不熱地頂上一兩句。尤其是這兩天，又傳說鎮上老的一輩有點地位的人，要保大貴出來。

於是，在吃晚飯的時候，楊寡婦陰聲怪氣地說：「大貴要是真的當了自衛隊長，你——的煤山……」

「他敢！」馬隊長憤憤地截住她的話：「老子拿水缸給他做膽子！」

「敢不敢，這倒蠻難說的。」

「爛貨！妳巴不得這樣吓？」馬隊長皮笑肉不笑地裂裂嘴，叫道：「這樣一來，妳的樂生哥就……」

楊寡婦飄飄眼睛，答道：

「那還用說——你想得真週到！」

料不到她敢說這種話，近來沒有發的肝火又冒了起來。「挨刀的」重重地拍了下板桌，震動得碗裡的湯都潑了出來。他大聲嚷道：

「妳少給我做夢！他要當這個隊長，還要看老子肯不肯讓呢！再說，這小子還是個逃兵！」

「逃兵，就是逃官你也奈何不得他哇！」

「這是妳說的？」

「嗯，是老娘說的。」

「好！妳等著瞧！」說著，馬隊長開始大口大口地喝起酒來。

十四

就在大貴和小蓮姑談到嫁娶的時候，時局卻開始一天比一天壞起來。八路一邊在跟政府談和，一邊在揮兵過江，老百姓給和談和一天三變的物價搞昏了頭，什麼是非黑白也分不清了。只好怪自已生不逢辰，碰到亂世；而另一方面卻存著一種莫名其妙的念頭；管他的，誰來不是一樣！而且還認為要變，就總得要變，變得越早越好。軍隊呢，北方的局部和平洩了氣，徐州會戰一敗，就失了信心，士氣那就可想而知了。所以省城才打五六天，部隊就沿著公路撤退下來。

才一晚上，上魏就屯滿了兵。火車也跟著斷了。

從第二天早上開始，車站前的小松坡外面，已經在忙著挖戰壕，築工事，情勢突然緊張起來。因為上魏是縣城的外圍，縣城又是南北水陸交通的咽喉要道，戰略上是個重要的據點。不管怎麼樣，能守就得守住。

在中午的時候，有些大兵已經分配住到鎮上的民房裡去，幾乎每一家都塞滿了人。大貴精神抖擻地東奔西跑。劉鎮長就覺得奇怪，打仗對於他好像是特別那個似的，他到處張羅茶水和薄粥去慰勞那些守軍，還帶著鎮上那些年輕漢子去幫助他們挖工事，挑土運木，一直忙到天黑，才算把事忙完。而這個時候，又到了好些逃下來的難民，隱隱地聽到砲聲了。等到鎮上的人從那些難民的嘴中聽到省城的消息，再聽到砲聲，這才著了慌，馬上七手八腳地收拾細軟，就像那年日本人打來的時候一樣，到山上去避難。

大貴回到長慶酒樓，劉鎮長已經心焦地等得有點發慌了。現在看見兒子進了屋，他趕忙問：

「你在打什麼主意啊？」

「我想留在鎮上。」

「留在鎮上？」鎮長叫起來，「你瘋了！人家打仗，你留在鎮上？」

「多一個人總是多一個人哇！」大貴朝他爹笑笑。說：「您可以到包家去，如果情形不好，再上山還不遲。而且，您還可以照應照應她們。我留在鎮上，一有什麼消息，我馬上就趕來。」

「趕來！」劉鎮長不快活地又唸了一遍。他認為兒子並不關心他，因為他覺得自己老了，而大貴非但不留在自己的身邊照應自己，反而要他去照應別人。他越想越氣，尤其是最後的那句話。於是他怨恨地說：

「趕來？那年你在娘舅家趕來了嗎？在外面一死就死了五年，家也忘了哇……」

「爹！」

劉鎮長突然傷心起來。

「——只留下我，一個人……」

「爹！」大貴又叫了一聲。他發覺自己的父親就跟以前在包家做帳房的時候一樣軟弱。於是，他可憐起他來。他真想答應他爹，跟他一起走，侍候在他的身邊。可是，他又覺得自己絕對不能這樣做。為什麼呢？連他自己也不明白。總之回家來以後，心裡老是惦記著些什麼似的，像是欠了誰的債，又還不起。現在，他突然明白過來了，他把話直著說：

「我一直想跟您說些話，可是一直不敢說，怕您傷心。」說著，他難過地垂下頭。「我是國家的兵，就是為了要想看看您和娘，才逃回來。回來以後，我始終覺得不舒服，騙得了別人，可是騙不了自己，我總覺得我不應該這樣——現在，八路打來了，所以我不想再逃。總之，生死由命，富貴在天，誰也作不了主。如果家沒了，活著還有什麼意思。再說，鎮上總不能不留個把人。……」

「……」

「——而且，我打過仗，我知道怎麼保護自己的。」

「……」

天黑下來了。

過了好一陣，鎮長才用一種淒涼的聲音說：

「好！你留你的。」

「我送您到包家屯去。」

「好吧！」鎮長嘆了口氣，失神地站起來，讓大貴揹起他早就收拾好的包袱，走出去。在走之前，他在店堂的香案上點好香燭，然後跪下來磕頭。再站起來，他低聲向大貴叮嚀道：「自己小心點。一旦有個麼三長兩短，記得給我託個夢，好讓我安心啊！」

出了門，在走向包家屯的路上，劉鎮長不再說一句話。

大貴替自己的父親在包家老宅裡安排停妥，正要想趕回上魏的時候，小蓮姑帶著幾分慌亂追了出來。

「大貴！」她伸手去拖住他，叫道：「你不能走！」

大貴親熱地撫摸她的頭髮，讓她的頭貼在自己的胸口，輕聲安慰道：

「傻姑娘，我又不是不回來。」

「回來！」小蓮姑突然嗚咽起來。「在打仗吓！說不好聽的，萬一有個什麼，你想回來也回不來哇……」

「我知道。」

「知道？說起來你什麼都知道！」小蓮姑怨恨地抬起頭，痴痴地望著大貴，憂心地說：「大貴……」

「什麼事？」

又頓了頓，她才吶吶地繼續道：

「你假如要走，別忘了──帶我……走啊！」

「啊！」聽了她的話，大貴緊緊地抱住她，忍不住笑起來。「我還以為是什麼事呢！妳放心，如果情勢一有變化，我就馬上趕回來。妳以為我捨得丟下妳嗎？」

小蓮姑笑了。她伏在大貴那寬大而溫暖的胸口上，幻想地說：

「是呀！我們一起走，到外面結婚還不是一樣。你可以找份工作，我替你管家，而且……」

「而且還替我生孩子──」大貴打趣地插嘴。

「你！你說的就沒句好話！」小蓮姑羞澀地說：「等到太平了，我們再回來。總之，娘跟你爹年紀大了，他們又不肯走，留下來也好，反正總有得吃的。」

「這次把八路趕走……」

「趕走，真的可以趕走？」

「怎麼不可以，日本鬼子不是比他們更厲害，還不是給趕走了！」

「哦——」小蓮姑忽然想起什麼似的仰起頭。「你在鎮上可得當心他啊！」

「誰？」

「那挨刀的！」

大貴思索了一下，自語著說：「奇怪，我今天一整天沒見到他了！」

砲聲又開始從遠遠的山邊傳過來了，他們同時回過頭。小蓮姑突然害怕起來。她顫慄著聲音低喊道！

「大貴，別忘了我吓！」

「不要怕，我會回來的。」

「我在桃樹下面等你……」

十五

上魏前面的龍潭很快的就失陷了，上魏這一帶馬上變得緊張起來。這兩天，縣裡又開了好些部隊來增援。看情形，最近這一場仗，是躲也躲不開的了。

從那一天開始，馬隊長便失了踪。在煤山，在上魏，沒有一個人看見過他露臉。而楊寡婦呢，也有點弄不明白。她只記得那晚上省城的退兵停在鎮上，第二天他便神不知鬼不覺地走了。由於鎮上的人都忙著逃難，所以誰也不留意這些。而大貴呢，因為小蓮姑提起他，他才突然想起來。所以那天晚上他送父親到包家去，再回到鎮上來之後，他先到大發南北雜貨店去。

「七嫂，」見了楊寡婦，他笑著說：「怎麼，妳不打算到山上去躲躲？」

楊寡婦放下手上的針線，站起來，給大貴斟了杯茶，才安靜地回答：

「要死，哪裡都是一樣——你呢？」

「我？」大貴在凳子上坐下來。「我爹年紀大了，我送他到包家去，鎮上不能不留下個把人照應照應哇！」

「……」楊寡婦低下頭。「真虧得有你。」

「這算得了什麼——不過，請妳轉告馬隊長……」

「轉告他？」

「怎麼，他怎麼啦？」

「他不知道死到哪裡去了哇。到現在還沒有回來……」

「會不會到縣裡去？」

「他的事，鬼才知道！」

「那麼，自衛隊……」

楊寡婦為難地抬起頭。大貴想了想，又說：

「山上停了工，窯工都下來幫忙了。我們鎮上的人，不能一個也沒有呀！」

「怎麼，窯工都下來了！」楊寡婦有點激動地問。

「可不是，」大貴回答：「連那些有家有小的都趕來了！」

「——趙樂生……」

「趙樂生、周志遠那一夥，那還少得了——他們已經幹了一整天啦！」

「哦……那麼今天晚上，他們住在哪裡？」

「我家裡，反正桌子板凳都可以睡。」

楊寡婦心神不寧地頓了頓，有點抑制不住地說：

「我看——自衛隊的事，你看著辦吧。總之，就算他在，也不見得能作什麼事。」她好心好意地接著說：「如果需要什麼吃的用的，請過來，不要見外吓！」

就這樣，大貴便代理自衛隊長的職務，協助駐軍做一點他們能夠了做的事。他就像在部隊裡的時候一樣，那麼熱心，那麼起勁地工作著。

每個晚上，他總得將鎮上和前線的消息，帶到包家屯去。

每個晚上，小蓮姑總在圍牆外的桃樹下，等他回來。

第四天晚上，前線的情況還很平穩，縣城卻因為受到對江匪軍的壓力，上魏的駐軍被迫撤退。接到這個突如其來的命令的時候，已經是夜半了。大貴和住在長慶酒樓裡的窯工，突然被附近發出的嘈雜聲驚醒過來。

「不要出了亂子啊！」

「不會的！」大貴幾乎是肯定地說：「八路離我們最少也有好幾十里路，而且，槍砲聲這麼遠……」

「這誰也不敢預料呀！他娘的！那年……」

「可不是，不然——」

「讓我出去看看！」大貴急忙披上衣服，走出去。

直至大貴掩上店門，屋裡的人開始你一言我一語地推測起來，誰也沒有主意。這樣過了一陣，店門突然開了，大貴緩滯地走進來。大家都一言不發，緊緊地望著他。由他的神情上看來，準是發生了什麼嚴重的事。

他憂悒而有點絕望地靠坐在門邊的木板桌邊，楞了好一回，才嗄聲說：

「——他們要撤退了！」

靜了一陣，突然有一個漢子叫起來：

「他媽的，光曉得撤退！」

「可不是，連子彈都沒發過一發呀！」

於是，大家不滿地詛咒起來。驀地，周志遠用力捶著板桌，在趙樂生的身旁站起來，大聲嚷道：

「不要叫！大家不要叫……」

聲音沉靜了一點，他繼續說：

「——咱們去找部隊長去！」

當他們正想走出店門時，大貴霍地跳起來，用身體攔著店門。

「慢著慢著！」

「怎麼，你不贊成？」周志遠遷怒地問。

「……」大貴鎮定地向大家掃了一眼，平和地說：「你們是以為他們不願意打嗎？」

「那為什麼要退呢！」

「這是上面的命令，命令要他們怎麼樣，他們就得怎麼樣。」大貴解釋道：「假如情況不這樣壞，上面也希望他們能夠了打場勝仗，是不是？當然，退，也有他們退的理由。打仗的勝敗不是一個地方能夠了決定的，四面都丟了，守住一個小小的上魏，又有什麼用？」

「……」

「——我們算是已經盡了我們的責任了，其他的，就不是我們能夠了挽回得了，依我看……」

大貴悽愴地沉下聲音：「最遲在明天中午——說不定還要早一點，匪軍就要佔領這兒了。所以，願意走的，最好立即準備，跟部隊一起走！」

屋子裡的窯工又紛紛地議論起來……

「我要走！」周志遠突然激動地叫道。可是當他發現身邊的趙樂生的神色有點不對，他緩緩地坐下來，怯怯地問：「樂生你……」

趙樂生痛苦地扭轉頭。

「你不想走？」周志遠又問。

「我……」，趙樂生回轉身，用力抓著周志遠的肩膀，深摯地說：「算了，你走你的——我不能跟你比！我還有娘……」

「不可以帶她一起走嗎？」

「你單身一個人，怎麼都能活，大不了可以去當兵。」說著，趙樂生的聲音瘖啞了。「娘年紀大了，我不忍心讓他再去吃苦。」

「那麼……」

「你走！我慢慢再說。不過，我可以告訴你，我走，那些雜種多一個仇人，留在這兒，也是多一個仇人，機會來了的話——你瞧我的！」

屋子外面，天色漸漸轉灰，部隊也開始陸陸續續向縣城那方面撤退了。大貴跟好些窯工決定走，於是他們大夥先上煤山，打點打點，收拾收拾。當他們走出長慶酒樓，經過大發南北雜貨店的時候，楊寡婦也顧不得當著眾人的面，一把將趙樂生拉住，問他是不是打算要走。自從們下山來之後，她幾乎每天都找個機會去接近趙樂生。一方面，馬隊長已經失踪了，她一切都無所顧忌，而且，她知道自己不能放棄這個機會。所以她每天都到長慶酒樓去，替那些在鎮上的漢子和窯工做飲食，而對於趙樂生，卻更加關心。同時，她還將一些米麵和食物，送上煤山去給樂生奶奶。現在，她聽見趙樂生不走，先是放了心，跟著又害怕起來。這種感情，倒是很奇怪的，她的放心，是因為趙樂生不會離開她；而害怕呢，卻是她不敢預料馬隊長是不是永遠不會再回來。

其餘的人已經走遠了，楊寡婦突然變了主意，央求道：

「樂生哥，帶我走吧！」

「這……」

「我們離開這個坑，帶著奶奶，我們可以到別的地方去找生活。」

「話是不錯……」

「那麼，馬上就走，你——你還要上山去接奶奶下來，我在這兒等你！」楊寡婦興奮地繼續說：「而且，我還有一點錢，我們可以到個什麼地方，做個小買賣。」

「可是，七，七嫂……」趙樂生一時拿不定主意，囁嚅地說：「——七嫂……」

「現在，」她有點生氣地說：「你還這樣叫我吓！」

趙樂生見她一難過，簡直有點手足無措了，一時不知要怎樣才好。

發覺自己的話沒有反應，楊婦寡有意背轉身，忿恨地叫道：

「我知道自己配不上你，高攀不上哇——我不怪你，只怪自己命苦。好吧！」說著，楊寡婦假意走去推開大發南北雜貨店的店門，一面說：「你走吧！」

趙樂生隨即走上去，拉住她，將她的身體扭過來。

「好，我聽妳的！」他低促地說。

「走？」

「嗯——走！」

楊寡婦將自己的身體投入趙樂生的懷裡，含著眼淚笑了，她喃喃道：

「總算是給我等到這一天了！」接著，她端正身體。「你馬上回山上去，要不然就趕不上他們了！總之，什麼都不用帶，我在這兒等你！」

等到趙樂生消失在前面，楊寡婦才心滿意足地吁了一氣，靠著板門，將眼睛閉起來。她覺得自己驟然疲倦得連睜開眼睛的氣力都沒有了。但，跟著又好像有一種力量向她的血脈裡鑽。她突然記起還有許多事情要做，這才帶著點慌張地再次推開板門，走進大發南北雜貨店。

「啊……」才踏進店門，她像觸電似的叫了一聲，覺得渾身冰涼。

「嘿……」帶著一串怕人的獰笑，馬隊長就像那次窯工下來借工錢一樣，已經歪著身體站在內屋的門檻上，滿臉殺氣地衝著她笑。接著，他舉起手上的酒杯，晃了晃，惡毒地說：

「走吧，妳妹子的！」

楊寡婦知道事情出了鬼，心一橫，連看也不看地急急再拉開板門，奔到外面去。

可是，出人意料的，馬隊長一動不動，依然懶散地靠在牆邊。有神沒氣地說：「妳不用著急，他們馬上就要回來的！」於是，他向那待在門外的楊寡婦走過來。「半個也跑不了！你的樂生哥，還有，大貴那雜種──嘿，半個也跑不了。」

十六

在包家屯。小蓮姑在圍牆外面的那棵老桃樹下，等大貴回來；可是等到現在，連個影兒也沒有。

「會不會出了什麼岔啊！」她自言自語地喃喃道。突然覺得害怕起來。這天從中午開始，她就待在這地方了。她東想西想，就想不出一句話來告訴大貴；前些日子，她還不大敢相信，同時，又想安慰安慰自己。可是倒給心眼比針頭還尖的楊媽看出來了。接著，她三問兩問的，只好照實回答。聽了她的話，楊媽不曉得是歡喜還是發愁，就說：「我說我的好姑娘，妳有了呀！」

「有什麼？」

「有什麼，」楊媽半笑半不笑地說：「——妳自己的肚子！」

「真的？」小蓮姑這才急起來，連忙拉著楊媽的手。

「錯不了——我早就料到要出事了。」

「這，我要怎麼辦吓？」

「怎麼辦？妳沒有告訴大貴！」

「連我都不知道哇！」

「唉！真是的——妳可要告訴他吓！我看，這年頭兵慌馬亂的，也用不著計較什麼排場了，反正現在老老小小都在一起，就拜拜天地，成了親算了。」說到後來，楊媽又千叮嚀萬叮嚀的，吩咐她什麼不要吃，什麼不能動，而且還保證，她絕對不將這件事情告訴包大奶。

樹林裡的貓頭鷹又格格的叫了，小蓮姑伏在桃樹底下鋪著的松葉上哭起來。哭呀哭的，不知道哭了多少時候，突然間，她聽見一種沉重的腳步聲，由前面青松樹旁的小路上走過來。她有點煩亂地坐起來，可是，那個人卻在園門前面停住腳，而且開始使勁地在敲門。

小蓮姑忍不住笑了。

「他當我已經進去睡了呢！」說著，她急忙從松葉子上站起來，向園門跑過去。

「大貴！大貴！」她一面跑一面叫著。但，當她跑近園門口那個人的跟前，她楞住了。

「啊！」

馬隊長看見小蓮姑躲開他，於是他冷笑著說：

「唷！我當是誰呢，大貴大貴……」

「……」

馬隊長故意走過去，拉拉她。小蓮姑一手甩開，顫抖著聲音罵道：「你滾開吓！如果你再在這裡不三不四，莫怪我……」

馬隊長跟著嬉皮笑臉地叫起來；

「妳又抬出妳的——大貴哥來壓我啦？」

「你管不著！」

「管不著？」馬隊長有點冒火了，他怪聲怪氣地憋著嗓門說：「——我告訴你，我現在就是給妳的——大貴哥帶信來的！」

「給他？」

「假的呀！」

給他這樣一說，小蓮姑急起來。她連忙追問：

「他怎麼啦？」

「怎麼啦！」馬隊長帶理不理地敲敲門，有意味地說：「他呀，他好得很——妳也用不著替他著急，他反正死不了就是了！」

楞了一陣，小蓮姑像瘋了似的用力推開那扇根本沒有扣上門閂的園門，向裡面奔進去。

馬隊長得意地獰笑起來。

「妳妹子的！」他咒道：「這一下，妳總得看老子的了吧！」

當楊寡婦送走了趙欒生，返身走入大發南北雜貨店，發現那「挨刀的」已經站在門檻上，後來他說「半個也逃不了」那句話沒多久，果然跟他所說的一樣，大貴、周志遠和趙欒生這一夥給押著回來了。

他們才離開上魏沒多遠，就給早就候在那兒的馬旺攔住了，另外還有那隻餓壞了的老鼠——小長富，和馬隊長自衛隊裡的幾個心腹。他們端著槍，神氣活現的要他們往回走。等大貴他們認出是給這些「龜孫子」困住之後，大貴跟周志遠同時叫起來。「這又算是那一門子呀！」他們抗議道。

「那一門子都好，」馬旺氣勢洶洶地回答：「回鎮上去再說！」

「這是什麼意思？你當我們沒見過槍是不是？」大貴站到前面去，理直氣壯地說：「我們又不是犯人。就算一定要回鎮，也得說出個理由來！」

「理由，誰跟你們說理由！」馬旺威嚇地揚了揚手上的槍，大聲喝道：「——你們走不走！」

「爺們高興就走，不高興就不走！你們有槍就怎麼，要搶人呀！」趙欒生突然像牛似的吼起來。其他的那些漢子，也氣憤地要想動手。馬旺手一擺，讓另外那幾個傢伙往後退兩步，然後陰聲說：

「我說你們得放明白點吓，你們知道現在是什麼時候了？假如聽話，到鎮上去還有得商量，要不然，別怪槍彈沒長眼睛！」

「……」

「你們還當現在是國民政府的天下呀！他娘的！」馬旺得意地笑起來。「走吧，到了鎮上，絕對不會為難你們就是了。」

大貴他們互相看看。心裡想，假如一動手，他們都有槍，就算不死，也得傷幾個。不如就跟他們返回鎮上，看他們又敢耍出些什麼花樣。於是，他們悶著一肚子氣，給馬旺這班人押著回來。

這個時候，楊寡婦已挨了一頓打，給趕進屋裡去了。現在，馬隊長在凳子上翹起他那條左腿，歪著眼睛去瞅著大貴他們，然後板著臉說：

「留下大貴，其餘的先關到自衛隊部裡去再說！」

窯工們高聲吼起來：

「你憑什麼要關咱們！」

「你妹子的！」馬隊長霍然跳起來，一手拉下掖在腰上的手槍，搖了搖，惡毒地叫道：「怎麼，就憑這桿傢伙，還不夠了資格嗎？」

「那麼你就開槍好了。」趙樂生說。

「開？嘿……」馬隊長學著楊寡婦的腔調：「——我說樂生哥……嘿嘿，哪有這麼便宜呀，子彈還是花錢買來的哇！」說著，他向身邊的馬旺撇撇嘴，命令道：「——帶走！」

從碰到馬旺他們開始，大貴心裡就明白這是怎麼一回事了。不過，他還有點糊塗，不知道究竟要他們回鎮上來幹什麼。現在看見馬隊長要將那些窯工關起來，卻留下自己，這準有原因。他想：鎮上的守軍已經撤完了，這「挨刀的」突然神不知鬼不覺地鑽了出來，而且還來這一手，不用說，一定是為著將來打算。反過來想，事情已經到了這種地步，要硬也硬他不過，就看他怎麼樣吧！於是他向那些僵著不肯走的窯工使了個眼色，等他們統統走出大發南北雜貨店之後，他向馬隊長譏誚起來：

「馬隊長，怎麼幾天不見，突然間打那兒鑽出來啦！」

「你沒有料到吧！」馬隊長笑著坐下來，手上還搖著那支手槍。

「我早就料到了！」

「哦！有這回事？」

「我剛回來的時候，你不是說我是共產黨的嗎？」大貴鎮定地交抱著手，冷冷地說：「假如我真的是共產黨的話，那麼，現在我們應該叫一聲『同志』囉！」

「我肏你婆娘的，老子讓你罵！」馬隊長在心裡咒著。可是，卻裝著一個笑臉，說：「這就是所謂……呃——什麼……哦，識時務者，為——呃，為……」

「為狗熊！」

馬隊長沒理他，依然在想他那句聽來的俗語，最後，虧得他想出來了。

「對了——為豪傑！」

大貴突然沒由來地笑起來。

「你妹子的，你笑哈？」馬隊長臉一拉，惡聲問。

「笑啥！」大貴安靜地回答：「我說馬隊長，你的算盤打錯了哇！」

「錯了？什麼錯了？」

停了停，大貴沉肅地說：

「你的手，只能遮著自己的眼睛，可是遮不到別人的眼睛哇！如果共產黨知道了你在上魏撈過多少錢——不說別的，就說煤山就夠了了……」他盯著那有點不自然的馬隊長，沉下嗓門說：「他們也不見得會放過你吧！」

馬隊長故作鎮定地笑起來。「真虧得你替我擔這個心！」向大貴湊過頭，他說：「你知道我是幹什麼吃的？」

「——八路！。」

「對啦！老子是回來幹策，策反工作的呀！」

「不管你回來幹的是什麼，他們來了，你那些策反策來的錢……」

馬隊長摸摸下巴，楞著。

「——你敢少繳一個？」

「挨刀的」給大貴這句話問住了。可不是嗎，他敢少繳一個？別說不敢，說不定要從開山的第一塊煤算起，照他們的那種算盤，恐怕連一粒五錢重的煤碴也漏不了。在大貴沒提到這問題之前，他倒是打算得週週到到的，嘿！你瞧！他是策反上魏的功臣——不！應該叫做英雄。而且，還在「解放」之前抓到十來個「反動份子」，論功行賞——他知道「他們」是最懂得論功行賞的。

「當個把上魏鎮長，那還有什麼問題！」

可是，現在，他已經看見大貴衝著自己笑了，他臉上的酒刺跟著癢起來。但，他才用手板心往臉腮上一擦，馬上便計上心來。他歪著那雙發紅的牛眼望望大貴，在心裡暗自叫道：

「這樣，那不就推得一乾二淨了嗎！」

打穩了主意，他動了動手上的槍，陰險地說：

「大貴哥，真是一言驚醒夢中人，要不是你提醒我，我真的料不到這一著呢！好吧，」馬隊長向走進屋的馬旺歪歪嘴，叫道：「——你得好好的照顧大貴哥吓，我到包家屯跑一趟，就回來。」

現在，這挨刀的跟在小蓮姑的後面，走進包家老宅的園門。

十七

談判很快的就結束了。為了大貴的安全和借他的那筆債，馬隊長才三五句話，劉鎮長便將所有的條件都應承下來。那就是說，他要證明「挨刀的」在上魏清清白白，而且，煤山的事完全與這位自衛隊長無關。

看見劉鎮長那副可憐相，馬隊長接著又歪眉瞪眼的補上一句：「這完全在看你的面子吓！這些天大貴在鎮上搞什麼鬼，你又不是不知道。我放了他，我還要替他背風險哇！」他站起來，看看神色不安地走進來的包家大奶，故意大聲說：「說到煤山，等他們來了，你們大大方方的給捐出來，非但一了百了，說不定他們還說你們，呃呃——前……前進！如果反過來說，姓包的是漢奸，國民政府不那個你們，共產黨——可沒有這麼簡單啊！」

「呃，不過煤……煤山……」劉鎮長為難地望望身邊的包大奶，吶吶地說：「煤山是……」

「得啦！是誰的都可以，反正我不會給你們加罪過，如果他們問起來，就說勝利以後，政府派人來管的，不就什麼都推乾淨了嗎。」

「問題就是那些——呃，那些窯工哇！」

「這，我有我的辦法。不怕他們不承認！」

「那麼——大貴……」

馬隊長拉拉腰帶。冷笑道：

「放心，我放他走就是了！」

「啊！放他走……」包大奶鬆了口氣。剛才楊媽拉她出去，一五一十的將小蓮姑和大貴的事對她說得分分明明，於是她急急忙忙地又走進來，看他們商量得怎麼樣，現在，她一把拉著劉鎮長，到門邊去咬起耳朵來。

看見這種情形，馬隊長一肚子不舒服。

「我肏他個祖宗八代的，又是什麼花樣？」

等了等，劉鎮長和包大奶昏頭昏腦的又走過來。這位可憐的父親聽完了包大奶的話，一時不知道是高興還是驚慌，楞了半天還想不出個主意，後來還是包大奶先提議，既然木已成舟，就讓他們一起走，反正待在上魏也不是辦法。

可是，等劉鎮長將這個意思說出來，「挨刀的」馬上反對。

而這邊，跟著向他哀求起來。

「這是我們兩家人的命根子哇！」包大奶傷心地說：「我們年紀老的，你要怎樣都成，可是他們……」

最後，經不住他們再三哀求，馬隊長像是有點回心轉意似的，嘆了口氣，說：

「好吧！要走就快些打點打點。」

「老天爺保佑你。」劉鎮長和包大奶異口同聲地喃喃道，一邊朝他作揖。

馬隊長頭一歪。怪腔怪調地說：

「不過……」

「哦！」

「大貴不能夠了再回到屯上來。」

「怎麼，回來一下都不可以？」

「回來一下，鎮上的軍隊都撤光了哇！」馬隊長瞪著眼睛。「——他們說來就來，到那個時候，萬一逃不了，這可不能怪我吓！」

「那，那麼小蓮姑……」

「就跟我到鎮上去好了！」

為了慎重，劉鎮長和包大奶要跟馬隊長一起到鎮上去，說是要送大貴和小蓮姑的行，看著他們走。

「看著他們走？」馬隊長不以為然地嚷起來：「你們知道現在是什麼時候了，來得及逃，已經是萬幸的了，還送什麼行，你們真的當他們永遠不回來了？」

包大奶低下頭，掩著鼻子。「我就讓你們來慢慢磨吧！我可沒有這個閒工夫！」馬隊長故意大步向屋門走去。

劉鎮長連忙追上去，叫道：

「隊……長！」

「又怎麼啦！」挨刀的將那條較短的左腿擱在門檻上，扭轉頭。「老實告訴你們，大貴和小蓮姑走不走得了，是你們自己的事，與我有屁相干，你們既然還要送什麼行，還要什麼——看著他們走！那麼你們就照著你們自己的意思去辦吧！我不陪了！」說著，他扭頭就走。

這一下，劉鎮長和包大奶算是屈服了，一面忙著替小蓮姑打點行李，一面又巴結又害怕地招呼著這位滿臉不耐煩的自衛隊長。接著，包大奶和楊媽牽著小蓮姑的手，一把鼻涕一把眼淚的千叮嚀萬咐呀，末了才將一包首飾塞進小蓮姑的手裡去。

「這是妳外公給我的，留在我身邊沒有用，妳都帶去。外不露財吓！一有個什麼著落，記著帶個信回來。還有……」包大奶看看女兒的肚子。「──自己可得處處當心吓……」

劉鎮長也在包包裡揀出兩件大貴的娘在出嫁時戴的金飾，有點不好意思地遞給小蓮姑，算是做公公的一點心意。

一直等到馬隊長在客堂冒了火，他們才將心神不寧的小蓮姑挽出來，一邊說些感激馬隊長的話，一邊將剛才在房裡說了兩遍的話再重複一遍，然後送出園門外面去。

「得啦！我說大奶，去了總還要回來的，」馬隊長眼看包大奶很有點將話再說一遍的意思，於是急急地說：「──大貴還在等著吶！」

這樣又磨了些時候，馬隊長和小蓮姑才開始一前一後地上路。馬隊長很有分寸地走在前面，以前他老是覺得那條因為開小差被新四軍抓回來被打跛的左腿走起路來不舒服，可是現在倒是覺得輕飄飄的，「不知道是什麼鬼在作怪」。

這真是所謂：「運來推不開。」他在心裡說。偷偷地笑。他幾次三番想回頭望望後面的小蓮姑，他又沉著氣，忍住了。「現在總得要安她的心，事情才順利哇！等一下到了鎮上……」他又笑起來，不過，還是在心裡笑，不出聲。跟著，他故意不去想這個問題，想想「他們」來了之後會怎麼樣吧！嗯。不用說，他自己的功勞最大。第一：他可以將那條跛的腿變一個方法說，說是率領工人罷工被「反動政府」打跛的。第二：為了要保護「人民的資產」（這些名詞他學過，但，他並不了解這些名詞的意思，可是——在以前，他常常套用著，普通的，三五句話套一句，事情嚴重的，便一句話套一句，或者一句話套兩句。他認為這些沒有什麼了不起，就跟丁老秀才教那些娃兒們唸《三字經》一樣，只要死記，就可以出口成章。不過，他很喜歡「桌子有四隻腳」這種玩意兒，跟別人抬槓的時候，他就成套搬出來，不管對不對，照他的話說，就是「唬得住人」。現在，他很久不用了，「人民的資產」這句名詞剛才他一個人坐在包家的客堂裡想了老半天，才記起來的。）——對了，為了保護「人民的資產」，他才用錢賄賂來一個自衛隊長（有劉鎮長欠他的那一筆錢為證），控制鎮長，幫助煤山上的勞動同志。第三：「解放」之前，他「陣前起義」，抓到「反動份子」趙樂生，周志遠等十餘人——才走里把路，他已經想到十幾個理由了。

至於小蓮姑呢，她慌慌張張跟在那一定要想足兩打理由的自衛隊長的後面。起先，她真的有點怕，可是又不得不跟他走，後來見這「挨刀的」一直沒回頭，才放了心。不過，還是離開他五六步遠，以防萬一。從馬隊長到屯上來到現在，她什麼也不去想，而且什麼也分不了她的心。就拿現在來說吧，她並不知道她跟大貴走與不走，究竟有什麼了不起的關係，她只知道馬上要見他，然後告訴他自己已經有孕了，以後怎麼樣呢？

「見了大貴的面再說。」她告訴自己。

十八

到了上魏，馬隊長將小蓮姑安頓在長慶酒樓裡面，安她的心，然後好心好意地要她等一等，他去叫大貴來。還沒等對方回話，他已經拐出去了，而且，還將店門反扣起來。

「好戲在後頭吶！」他狠狠地用手板心擦擦下巴，笑出聲音來。然後順著拐到大發南北雜貨店去。

推開店門，大貴霍然從凳子上站起來，急急地問：

「怎麼啦！」馬隊長帶理不理向馬旺使個眼色，回答：

「還不是為了你老兄的事！」

「我的事？」

「你不是要逃嗎？」挨刀的歪著頭問。

「不錯，我要逃——你要把我怎麼樣？」

「喲喲喲，我說你不要狗咬呂洞賓吓！」馬隊長板起臉，嚷道：「我跑他娘的十來里路，還不是為了你，想法讓你逃！你居然還神氣起來了。我說，大貴──」頓了頓，他放低聲音說：「我姓馬的跟你劉家，可無仇無怨啊！再說，你爹跟我，又是……呃，就算再那個，我也不能把你怎麼樣呀！」

「……」

馬隊長擺擺手，說。他知道留他在上魏就有麻煩。

「我放你走就是了！」

「我？」大貴隨口問。

「怎麼，又變了主意啦？」馬隊長的眉毛又打起結來。

「他們呢？」

「誰？」

「這些窯工！」

「哦……」馬隊長笑了笑。「你別管閒事啦！這年頭，能夠了保住自己，已經是上上大吉了，還去惹這些事情幹什麼！」

「那麼……」馬隊長連忙截住他的話。

「你爹叫你快點逃——你在國民政府的軍隊裡當過差哇！」他望著大貴，說：「他說你一切放心，他會自己照應。還有……」

「還有什麼？」

「——你的小蓮姑。」

「她……」

「你別急呀？」馬隊長古裡古怪地笑起來，裝模作樣地說：「關於她呀，也叫你放心，包家已經答應了！讓你出去個一年半載的，就像這次一樣，再回來成親。我說大貴呀，到那個時候，可要賞口喜酒喝喝啊！」

大貴不響，將信將疑地望著馬隊長。

「你不信？」

「……」大貴還是不響。不過，在這種時候，也不由得他不信。而且這「挨刀的」倒是實實在在到包家去過一趟的。他只是不明白，他為什麼肯這樣太太平平的放自己走。

「好啦！天也快亮了，依我看——」馬隊長催促地說：「再不走你就來不及了！」

看看他這種神態，大貴這才相信這位自衛隊長真的要放自己走，並不是像貓兒捉住老鼠，要著玩，於是他站起來。

「馬旺，」馬隊長向站在門邊的工頭說：「你送大貴哥出鎮外去！」

「用不著用不著，我還要趕回包家屯去一趟。」大貴搶著回答。

「回包家屯？」馬隊長叫起來：「你莫找我的麻煩啦！又是醬油又是醋，你究竟是存心走還是存心不走呀？」

「我總不能這樣空手走吧！」

「你還要什麼？」

「要什麼！我總得帶幾件衣服，幾個錢吧！」

「嘿！我看你還想抬著床鋪走呢！」馬隊長叫道：「大貴哥！還是命要緊哇！既然是逃難，就什麼都要將就點，衣服不衣服，算啦！要錢，我在這兒給你！」

「這……」

「不要緊，總之好人做到底。別說以後我還可以跟你爹算，就算我送你幾個，也算不了什麼！」說著，像是害怕遲了大貴會變卦，他馬上從內屋拿著兩捆鈔票走出來，遞給大貴。

「你就隨便的給我立個字據，合五擔米好了！」

大貴莫可奈何地接著錢，猶豫了一陣。而「挨刀的」又在催促了：

「天可要亮了哇！要走，快走！」

大貴想想，這話也對。聽他說的那些話，倒實在蠻像那麼回事。不然，「包家已經答應了」，他做夢也不會想出來說的。而且，自己的父親要自己走，當然也有道理，反正他吃呀穿的，還不至於靠自己，難道自己不甘心，還要拖著連門也未曾走出一步的小蓮姑到外面來吃苦頭？對，在外頭混個一年半載再回來！

可是就是這麼怪，大貴一想到這個地方，就像是給誰敲了一棒似的，心裡火辣辣的燒起來。於是他匆匆的寫了張收據給馬隊長，連話也不說，轉身就走。

「馬旺！」馬隊長在後面叫道：「——送出橋頭，不許往回走！」

大貴跨開腳步向鎮南頭走去，他喃喃地說：

「你好好的等著，我會回來的！」

經過長慶酒樓的時候，他停住腳，望望那門縫裡漏出來的燈光，正想進去看看的時候，後面的工頭馬旺惡聲惡氣地說：「走吧！」

大貴想了想，然後替自己作個解答：

「大概昨晚上臨走的時候，那些窯工忘了吹熄。」

於是，他又重新跨起腳步。

那邊天，已經發白了。

十九

馬隊長出了長慶酒樓之後，小蓮姑心慌意亂地在店堂裡走來走去，等大貴來。她在想：要怎麼樣說？才合適。但，又覺得自己沒有這個膽量將這種事情說出口。

「不管怎麼樣，自己倒底還是個姑娘家哇！」想呀想的，她真的有點恨大貴了。「好啦！幸虧這次八路來，要不然，那才丟臉呢！」

她站住，望望香案上的神牌，於是他誠心誠意地將剛才馬隊長進來時給點上的油燈端過去，小小心心地點上香燭，然後跪下來，學著她母親那樣不停嘴的唸。起先，她覺得這種動作很好笑，可是慢慢的，她像是看到劉老爹和大貴的娘就端坐在上面望著自己似的，有點害怕起來。接著，她不由自主的唸出聲音來了，包家和劉家的人，一個也不漏，而且，她還相信一定很靈驗。唸到後來，她將肚子裡的孩子和大貴的將來加上好些吉利的話，還重複了好幾遍。

可是等等還是沒回來，等等還是沒回來，於是急了，不斷的有好些壞念頭鑽進她的腦子裡，她便不斷吐口水，緊緊地弓起小手指拇，因為她相信這樣會逢凶化吉，就是說錯了話或者賭咒發誓都不算數。同時，還像那些鴨販給那些瘦鴨子狠狠地塞那雜著砂子的鴨食一樣，她硬去想好的，好像要是想不到最好的便要壞事似的，甚至連自己明天便要養孩子，一點也不痛；大貴一到城裡，便揀著一大塊金磚子之類的傻想頭都想盡了。

可是，大貴還是沒有來。就在她正要急得想哭的時候，直街上有腳步聲走過來了，她趕忙跑到門邊，貼著耳朵去聽，她幾乎敢賭咒就是大貴的腳步聲。但，當腳步聲走近而在門前停住，她反而六神無主起來，幾次三番她想叫他的名字，可是老是叫不出口，她想他總要進來的，叫了反而不好，要讓他先叫自己，自己才好意思開口把那件事情對他說。可是，那腳步聲只停了一停，便又走過去了。她真恨自己為什麼不叫；但接著，她又認為幸虧沒叫出來，叫錯了人，那才難為情呢！

「這人一定不是大貴，要不然，為什麼不進來。」她偷偷的笑起來。聽見有腳步聲之後，她的心也寬了許多，她認為腳步聲沒有便沒有，一有，就會跟著來的。

果然，不出她所料，前面那兩個人的腳步聲過去不久，又有人來了。

那曉得進來的只有馬隊長一個人。一進門，他便反手去將店門閂起來。馬隊長神色有點不對，眼睛鼓得血紅，歪著嘴望著她笑。小蓮姑退後一步，問：

「大貴呢？」

「大貴呢！」馬隊長學著她的腔調，嘻皮笑臉地叫道：「——大貴呢！」

小蓮姑看看情形不對，三步兩腳地退到板桌後面去，連氣都不敢喘喘，盯著他。「剛才妳沒有聽見吓，妳的大貴哥，不是走了嗎？」馬隊長陰毒地說。

「走了？」

「當然走了」

連想都不去想，小蓮姑連忙向店門衝過去。馬隊長一手把她攔住。

「妳想追他？」說著，他順手抓小蓮姑。

「你給我滾開！滾開！」她狠狠地伸手摑他的耳光，叫著。「——你滾開，讓我出去！」

馬隊長卻笑著，隨她打。好像他臉腮上那些發癢的酒刺，不打不舒服似的。他嘟著嘴，閉閉眼睛。

「去哪裡？」他說：「還是乖乖的待在屋子裡吧！」

小蓮姑瘋了似的用手抓他的臉和頭髮，尖著嗓子叫。可是這「挨刀的」依然用身體堵著店門，逗著她。

「留些力氣，啊！」他怪聲說：「不要等會——多沒意思呀！」

「大貴！大貴！」

「妳叫破了嗓子還是假的，鎮上的人，都逃光了哇！」

「你滾開！大貴……」

「哦！非要大貴不可，老子就不成！」挨刀的臉一沉，眼睛上面的那兩條黑毛蟲開始一上一下的動起來，他威嚇地說：「我告訴妳，今天妳落在我的手裡，還是識相一點好！」說著，他一手抓住小蓮姑的手膀。「老子候了幾年，總算是給老子候著了哇！」

小蓮姑一邊大叫，一邊掙扎，但是當馬隊長用力將她一拉，讓另一隻手摟住她的時候，她忽然暈了過去，癱在他的懷裡。

馬隊長獰惡地笑起來，他緊緊地摟住小蓮姑，用臉腮去擦她的臉，得意地說：

「她祖奶奶的！真是又滑又嫩，比他娘的小春紅還帶勁！」於是他將她抱起來，一步一步地拐進內屋。

二十

如果套一句丁老秀才丁養甫先生的話，那麼就是：

「自從混沌初開，盤古闢天地，上魏就從來沒有像這樣過。」——那就是在軍隊撤退的第二天，晌午時分，就有人到山上報信，說是鎮上連老鼠都要準備搬家了，鬼也沒有一個。而且，他還親眼看見——上魏人的眼睛錯不了——一節裝滿了八路軍的火車開了過去。鐵路已經有幾天不通車了。由此可見，縣城也已經完了。於是在挨黑之前，那些躲上山逃難的，又陸陸續續的回到鎮上，因為憑他們的經驗，只要兩邊不開火，誰來都不會為難老百姓的。所以當他們再回到鎮上來之後，除了家家戶戶的店門都半開半閉，就像沒有發生過什麼事情一樣。唯一不同的，就是每個人都一心一意地等共產黨來，「看看他們會把我們怎麼樣」。不過，這只是悶在肚裡，誰都不肯瞎猜亂說——因為這不比其他，禍從口出。可是，上魏人並不因為這樣而沒話說，比如馬必正的帽子沒有帽花、自衛隊部的長木牌上面加有「人民政府」幾個字、工頭馬旺拿著一塊變了色的紅布喜帳找裁縫周嫂做旗子、神卦鄧老頭愁眉苦臉，準是那家有禍事等等……但，誰也不關心這些——除了鄧老頭的還稍有瓜葛，老百姓是不作興關心這些的。他們在交頭接耳，甚至公開大聲在談論，卻是小蓮姑這件事——他們也不明白，這件事為什麼會對他們這樣重要。也許是因為「絕對不可能」的關係，看見的人，已經反反覆覆的說了好幾十遍，而且一遍比一遍精彩。就是當他們由山上回鎮的時候，有好些人在路上碰見小蓮姑。

「作孽啊！」他們嘆起氣來。

據說她辮子都散開了，蓬著頭，敞著衣襟，連鞋子都沒穿，就像個瘋婆子似的，一歪一拐的向山上走。於是，說的人又形容起來：

「她的臉才嚇人呢，又青又白，那兩隻眼睛，就像死魚眼睛一樣，死板板的張著，打她面前走過，跟她招呼，她都沒有看見哇！」

總之，這事情談論歸談論，誰也不明白她怎麼會跑到鎮上來，而且長慶酒樓裡面，空著，顯然鎮長跟大貴還在包家，沒回來。那麼既然小蓮姑跑到鎮上來，難道他們也不知道嗎？這句話一經提出，聽的人馬上認為絕對不可能。

但，到了晚上，居然有人在傳說包家遭退兵搶了，當然是連小蓮姑在內。而大貴呢，要想救她，所以也給抓了走，而且還一起抓了十來個窯工。開始的時候，大家都不大敢相信，後來果然看見樂生奶奶和那些窯工的家眷哭哭啼啼的由山上趕到鎮上來找人，這才信以為真，接著，馬上有人替小蓮姑編一段遭遇：

「準是給那些大兵糟塌了！」

大家都說這話錯不了。但又接著推測究竟被幾個人糟塌，而且奇怪她為什麼不死——聽說一個黃花閨女只要被三個人輪姦，就要死的。

「要嗎，她已經不是姑娘家了！」

這句話立刻被通過。接著又開始研究誰「開她的懷」——玉堂春三堂會審的時候，就這樣說的。不用問，一定是大貴，於是有人咒大貴缺德，有人說大貴救了她，不然，那有被輪姦而不死的。

至於大貴和那些窯工呢，「必死無疑」。

總而言之，不管是好是壞，一句話流過三個人的嘴，便要變味。這些話，只有那麼一句，是比較可靠的：小蓮姑的確是像個瘋婆子似的，一歪一拐的走回包家屯去。

總之，天快亮的時候所發生的事情——那就是她暈倒以後的事情，也沒有什麼好說的了。她再醒過來，才發現自己光著身子躺在劉鎮長的木床上，只覺得渾身又酸又倦，等到想明白了這究竟是怎麼一回事，才哇的一聲哭起來。但，哭又有什麼用呢，那「挨刀的」已經走掉了，突然她想到死，於是她看看上面的床架，牆腳有一根粗麻繩，可是等到什麼都準備好，就差沒把頭套上去的時候，她又害怕起來。她害怕的倒不是死，而是大貴。她想：他現在已經怎麼樣了呢？給「挨刀的」弄死了？還是逃了……最後，她咬咬牙齒，拿定了主意。

「不管他是死是活，」她說：「我要把他的孩子養下來！」

於是她穿起衣服，走回包家屯去……

這一下，嚇得包大奶他們魂飛魄散，給她這副模樣嚇壞了。而小蓮姑，卻不聲不響的走進自己的房，把門關起來。接著呢，包大奶、劉鎮長和楊媽想盡了辦法，進了房，一邊唸著阿彌陀佛，一邊問長問短，而小蓮姑卻呆呆的坐在床邊，毫無表情，誰都不理。害得包大奶哭得死去活來，緊緊地抱著自己的女兒，不肯放手。楊媽在一邊就看準事情一定是那「挨刀的」出的鬼，但又不敢說，只好和劉鎮長橫拉豎勸的將她拖開，說是讓小蓮姑休息一會，等她清醒過來再說。那曉得一直鬧到晚上還毫無結果，包大奶的氣喘病倒給急了出來，暈倒了好幾次，只好躺在床上直哼氣，唸著女兒的名字。結果呢，劉鎮長跟楊媽七手八腳的又是冷水又是薑湯，兩頭照應。而最著急的還是劉鎮長。他要想走，又走不開，不走吧，心裡又老是惦著兒子的事。他想：連小蓮姑都弄成這樣，大貴一定凶多吉少，如果真的是給「挨刀的」害了的話，他第一次那麼大膽地向自己發誓：

「我不跟他拼了，我就是畜牲！」

所以等到包大奶安靜下來之後，他連夜趕回鎮上，連腳也不停，便衝進大發南北雜貨店去找馬隊長論理，街坊上看見他這種樣子，都跟在後面看熱鬧。

門敲開了，楊寡婦皮青臉腫地站在門邊，問她什麼她都不知道。好些人對她這種回答就不滿意，還有人提議要搜查，可是看看她這副苦惱相，又算了。看看沒有結果，劉鎮長扭轉頭便向自衛隊部走去。

鎮上連睡著了的人都爬起來湊熱鬧，生怕錯過了機會，搶著擠到前面去，總覺得站在前面要比站在後面的人對這件事情的看法要正確些。

可是自衛隊部的門嚴嚴的關著，敲了半天，依然沒有聲音。突然，有人發現上面掛著一面紅旗子——就是今天工頭馬旺拿那塊褪色喜帳叫周嫂做的那面。於是湊熱鬧的人又轉移目標，研究起來。

丁老秀才說：

「我還是覺得老底子的五色旗好看。」

香燭店的小學徒忽然叫起來：

「那些星星有六個角！」

「哦！是吓，上下兩角比較長，你說像什麼？」

「王八！」

大家忘了自衛隊部板門上的小窗洞已經打開，哄笑起來。

「什麼王八不王八！」小窗洞裡面的馬旺惡聲惡氣地問。

大家回過頭，看看他那張臭豬肝臉，靜了下來。於是聽見劉鎮長說，聲音比較輕了一點。

「馬隊長呢？」

馬旺望望那些湊熱鬧的人，不明白是什麼事，但又生怕是什麼事，於是他和和氣氣地回答：

「他到縣裡去了哇！」

「縣裡去？」

「他說他明天一早就要回來，」馬旺解釋道：「他說他到縣裡去跟八路連絡連絡？」

「跟八路連絡？」

這準不會有好事，膽子小的害怕惹上事情，偷偷的向後開溜，其餘的眼看馬隊長不在，劉鎮長的戲，一個人又演不成，便散去了。但每個人都在想：劉鎮長氣勢洶洶的找馬隊長幹什麼？為了大貴？為了小蓮姑？或者……

至於那「挨刀的」呢？

他就像跟誰都有關係，跟誰都攀得上似的！居然去跟八路連絡了！

二十一

他就跟誰都有關係，跟誰都攀得上。

第二天便證明了，這句話一點也不假。

一大早，肉店老闆看準了上魏人的胃口，越碰到這些事情是越吃得下肉的，所以他卻意外地宰了一條豬，神氣活然地分成兩半在肉架上掛起來，因為其他的店舖都歇了市。果然，沒多大會功夫就分得差不多了，他笑著，沒忘記個別的告訴他的主顧們，昨天晚上劉鎮長哭的聲音。他說，他早就聽到了，當初還以為是那家的野貓子叫？後來起來宰豬的時候，才聽出來。同時，他也不忘記去年的尾街，那一天他醃了半條豬的臘肉，那還用說，他合情合理的把罪過推到那「挨刀的」身上，說是就因為他的緣故。說著。他馬上就舉個例：

「就拿今天來說，又不是街文不是場吀，才那麼一轉眼功夫，就剩下這一點了哇！」於是，他又把肉檯上的那塊肉換了個方向擺，用刀口在上面比劃比劃——他是出名的不二刀，切一斤絕對不會切出十七兩。據他說他的師傅更出名，有一年抓到土匪要請他去砍頭，他說是讓他連一塊皮，果然是連著一塊皮。因此，他就時常拿豬肉來試驗試驗——他放下肉刀，補充著說：

「如果今天那挨刀的在的話，哼！」

黃四寶在這邊「哼」，那「挨刀的」在那邊回來了——完全變了個樣！

他穿著一身破破爛爛的灰布軍服，是新樣子，雙襟的，以前沒有人看見過；頭上的那頂帽子，跟他的頭不相襯，說不上是一種什麼樣子，如果沒有帽簷，就像大戲裡面有些戲子戴的那種帽，帽子的當中，還有一顆大紅星。走過香燭店的時候：那個小學徒就替它數過，說是少了一角，只有五角。

他好像在注意那些屋簷。微微仰著頭，大模大樣地由鎮南頭順著直街拐過來。鎮上的人，連小娃兒都趕忙跑出來，看看究竟是什麼名堂。然後挑剔他的衣服、帽子，和那顆五角紅星……

快走到長慶酒樓的時候，馬旺急急忙忙地迎上去，那張臉鼓得像那面喜帳似的，一邊喘氣，一邊歪嘴歪舌地向馬隊長打報告。「挨刀的」用那條好的腿支持著身體，小心地聽著，最後，他大模大樣地揮一揮手，說。這聲音讓誰都聽得見。

「不要跟他囉嗦，抓起來，跟那些孫子關在一起！」

馬旺得到這個命令，像是突然威風起來，他拉拉腰皮帶，滿意地走了。

當馬隊長走到黃四寶老闆的肉檯旁邊時，馬旺已經將劉鎮長拖了出來。這一下，把街坊都嚇呆了。

「他憑什麼抓鎮長，犯了什麼法？」他們悄悄的問。

劉鎮長身體太瘦弱到底強馬旺不過，被他拖著走了。在他們走過馬隊長的身邊時，劉鎮長突然拼死拼活地掙扎起來，他咬著牙齒喘息著說：

「你你——你等著……」

馬隊長若無其事地斜著眼睛望他，輕蔑地笑。

「等著——天，天殺你！」

「拖走！」馬隊長突然吼起來。等到馬旺把劉鎮長拖進自衛隊之後，他才回轉身，向目瞪口呆的乾蚱蜢說：

「宰下的那些肉，全給我留下！」

黃四寶顫抖著手，指指那些豬肉，吶吶地說：

「留……留下？」

「怎麼，留不起嗎？」

「呃！那裡那裡！」、肉店老闆說：「總共有二十六斤七兩、呃，零頭不算——二十六斤！」

「放心，不會少你一文錢！給我送到自衛隊去！」

「是，是。」

「挨刀的」走了沒一會，「鬼花頭」接著就來了。馬庄直起他的破嗓子，從鎮頭到鎮尾的叫著：

「解放軍中午就要開來了，每家捐點吃的用的，限十二點以前送到自衛隊去，越多越好，不捐的就是表示不歡迎，就是反——反動！」舐舐嘴唇，馬旺又繼續喊：「——解放軍中午就要……」

「什麼叫做街坊軍呀？」有人問。

「街坊也有軍，年辰是變了哇！」

「剛才馬旺這雜種還嚷著：不捐的就是表示不歡迎，就是飯——飯桶！」

「他娘的，我長這麼大就從來沒聽見過，不捐就是飯桶的！」

「會不會又是『挨刀的』變的把戲？」

「我看不會，你看他這一身打扮，一定是有點來頭。」

「來頭個屁，冒充貨！」

「你怎麼知道？」

「他帽上的那顆星星少一個角哇！」

話是這樣說，可是上魏人個個都是好漢，不肯吃眼前虧。於是由幾家膽小的開頭，一個跟著一個將東西送到自衛隊去，同時，還怕上當，先評評別人的份量，再計算計算自己該送多少。自衛隊的板門依然關著，只是將一張長板桌橫在門口，那個認識幾個大字的小勤務坐在馬隊長的身邊，一筆一畫地在一本摺字上登記，那隻餓壞了的老鼠小長富站在一邊點收，明明是好的，他偏說是壞的，非要人家換一樣不可。

「胡三叔，母雞一隻！」馬隊長叫道：「——註明，是瘦的！」

「瘦的！」小長富跟著叫。

「好！張鐵匠是鍋一隻！」

「鍋一隻？等會棺材店不是要送棺材來了？」

「算了算了！」馬隊長記得做木柵門的時候，鐵釘鐵碼張鐵匠沒要過他一文錢，於是說：

「賣了還是當錢的！」

這個時候，黃四老闆喜氣洋洋的提著豬肉來了，因為早上醒來他替自己詳了個夢，相信今天絕對有點小財。果然，馬隊長一手買下他剩下來的肉，而且還說不會少他一文錢。所以當他走到板桌前面的時候，他巴結地說：

「隊長，肉給您送來了！」

「啊，難得難得！」說著，馬隊長向小長富歪歪頭，小長富便過去把肉接住。

「呃，總共是二十六斤——七兩零頭剔掉了！」乾蚱蜢不明底細地補上一句。

「總共是二十六斤七兩！」馬隊長把臉板起來，說：「黃老闆，我們絕對不佔你的便宜，公公道道的，是多少就寫多少！」咂咂嘴，他叮囑那個小勤務：「把黃老闆的名字寫大一點！」肉店老闆這才明白過來，急忙說：

「隊長，這——」

「得啦！」馬隊長擺擺手。

「叫你捐一條豬，也不算多哇——哦，李貴家：雞蛋十五個！」

「雞蛋十五個！」小長富又跟著叫起來。

等到一切都準備停妥，算好了時間，馬隊長要每家派一個人，到車站去歡迎。還是那句話：「不去的就是表示反動。」

鎮上的人本來就怕「挨刀的」，現在他居然將劉鎮長押了起來，便越發不明白他到底有多少斤兩。再說，去迎接的是八路——就是剛才馬旺在喊的什麼「街坊軍」。既然要去迎接，那當然來的人要比「挨刀的」官兒大，所以更不敢不去。反正這兩天，誰都不敢跨出門檻一步，一嚷，就來了好幾十，跟著馬隊長和馬旺這一夥人，到車站去。

火車沒來之前，大家都在猜測究竟要開來多少人？會不會像前幾天政府軍隊那麼多？那個官兒是什麼個模樣？有幾個馬弁？甚至有些人還在打賭他要帶幾個姨太太來……

可是，卻讓上魏人大失所望，來的不足三十個人，連頭帶尾只有兩個官，一個高高瘦瘦的，是大官，一個粗粗矮矮的，是小官。那大官是個馬臉，臉色發青，像是兩輩子沒睡好似的，不過眉目還長得像個人樣，也穿著馬隊長新換的那一種衣服。在「挨刀的」緊緊張張的迎上去給他行禮的時候，他望望鎮上的人，笑笑，額頭上跳出一條青筋。而他的那種笑容，就像說來就來，說去就去似的，貼在他那張黑七馬烏的嘴上。等到那小官排好了隊伍，就浩浩蕩蕩的開出車站。大官和「挨刀的」走在前面，一邊走一邊說話，上魏人就從來沒看見馬隊長對誰這樣巴結過，便越發相信這個官兒不小。到了鎮上，老老小小都出來看熱鬧，就像元宵看花燈一樣，居然還有人在放鞭炮，小娃兒在後面跟著一大串，學著他們走。

一走進南柵門，馬隊長的氣色就變了，變得比從前更神氣一點，連那條左腿都拐得蠻像個樣。到了長慶酒樓，他突然站住，跟大官輕輕的說了幾句話，那個小官便帶著二十來個大兵，住到裡面去；於是馬隊長領著大官鎮頭鎮尾的繞了一圈，同時，還當著大官的面，吩咐馬旺派人把捐出來的慰勞品，送到長慶酒樓去。

這個時候，有些人還懊悔自己捐得太少，剛才「挨刀的」走過他家門口時，指指點點的，其中一定大有問題。

不過，鎮上的人那個都沒料到，「他們」會來得這樣安安靜靜的，而且「他們」長得跟自己一模一樣，沒什麼派頭。所以晚上的時候，家家戶戶都開開心心的大口大口的吃著早上買來的肉，連黃四老闆都改了主意，認為馬隊長是個好人——人不能貌相，海水不能斗量哇。因為那摺子上，他的名字最大（他親眼看見那小勤務寫的，那個四字還學他寫草書），說不定會有點什麼作用。他馬上就想到，以後鎮上攤派什麼的時候，他絕對會少攤一點。

在大發南北雜貨店，馬隊長招待那兩位官兒在那兒喝酒洗塵，讓楊寡婦作陪，當大官那雙色迷迷的眼珠子向楊寡婦胸口上溜的時候，他只當沒看見；不過，在說話當中，他一句夾一個名詞，證明自己跟楊寡婦的關係——是最「前進」的！

二十二

才一晚上，上魏就神不知鬼不覺的變了個樣。

第二天一早，就發現北柵門外的場子上，已經搭起個小戲臺。大家都說臺子不夠了大，怕不能演武打和大戲。這還不算，長慶酒樓的店招給拆下來了，換上一塊寫著「上魏村政府」的木牌，門邊還有個貼榜的木欄，右面掛著一面紅旗子——馬旺馬上去嚇唬裁縫周嫂，說她觸「人民政府」的霉頭，因為「人家」的星星只有五個角，她憑什麼多加了一個。門口呢，站著一個抓槍的衛兵，就因為這樣，大家都不敢過去看榜上貼的是什麼，只老遠老遠的站著，經過的時候，也只好沿著對街的廊簷邊溜過去。

「這又是啥講究哇，村政府！」

總之，他們不滿意，認為失了面子。因為以前上魏是鎮，現在已經改為村。這多丟臉，人家都說上鎮下村的，總要分分上下呀！而且，他們總覺得村子的人是要比鎮的人土一點。後來，他們嘆了口氣，說：

「假如改為縣，那就好了！」

還有呢，就是自衛隊變成「民兵隊」，到處都貼有好些看不大懂的紙條條，什麼「翻身」呀「解放」的，但唯一讓他們明白的，就是「解放」這兩個字。

「我早就料定，街坊是不作興有軍的！」

吃早飯的時候，肉店黃四老闆滿面春風地東家跑跑，西家溜溜傳消息，一方面為了昨天他捐得最多，摺子上的名字最大，一方面他住的地方離村政府最近——那當然，這消息絕對可靠。「你們知道那兩個是什麼官？」他逢人就問。

「誰知道，反正比『挨刀的』大吧！」

為了證實他的消息，他說：

「我親耳聽到（這意思就是錯不了）他們喊那個大官叫『真位』，那小官叫『排場』！」

「這算是幾品官一呀！」

「連聽都沒聽見過，唉！真的換朝代了哇！」

這邊還沒替「他們」評定官位，這邊一口破鑼——不曉得馬旺打那兒搜刮來的，已經噹噹的敲起來。

「開會囉！開會囉！」馬旺直著那跟這口鑼一樣的破嗓子窮叫，臉孔鼓得飛紅。「——在北頭場子上，統統要去，不去的就是表示……」

「他娘的！馬旺這雜種又罵人了！」

「開什麼會哇？」

「管他的，去看看也好，說不定還落著一場戲聽聽！」

「聽戲？班子都沒請……」

結果都去了。親眼看總比聽別人說夠了味些。不過，大家都覺得奇怪，怎麼連山上的那些窯工和窯工的眷屬，都下來了。

戲臺上，掛著一面大紅旗子——最少可以做兩張喜帳——兩邊有兩張相，一個長著八字鬍，一個面孔泡腫，前面擺著一張，桌子，幾張板凳。馬隊長跟「真位」都在臺上。還有兩個扛著槍的八路。

看看人已經到得差不多，「真位」站起來，站到板桌的前面。馬隊長沒放過表示自己能幹的機會，自作聰明地鼓起掌來，他大聲說：

「政委說話了，我們一起鼓掌……」

於是大家都跟著拍起手來。

但誰也沒料到，政委會不開心，他沉著臉，伸手去壓住大家，說；

「不要拍不要拍！」他額上的那條青筋又跳了起來，原來那條青筋不是只有笑的時候才跳的。他看看臺下的人拍巴掌的聲音停了之後，他豎豎眉毛，接著說：「以前反動政府興的這一套，我們要取消！」

他這一說，連馬隊長都呆了。政委繼續說：

「以前反動政府的官，都是大爺，你們都是孫子！」

「聽到沒有，他在罵人——你才是孫子！」臺下有人在輕輕的咒。

「現在呢，共產黨已經替你們解放啦！就是說，什麼都是你們的——人民的！什麼都由你們自己做主！」政委頓了頓，咽了口吐沫。「我們共產黨是講究民主的，一切都要平等！以前國民黨反動政府把你們當孫子，坑你們！害你們！現在人民政府非但沒有把你們當孫子，還救你們，幫助你們！從今天起，你們翻身了，你們變成主人了，你們開不開心？」

沒有人敢吭氣。

「你們開不開心？」

政委又問，大家還是不響。剛才搶著站前面的，現在後悔了，想往後縮。這下，政委尷尬地笑了，他和和氣氣地說：

「大家說呀，不要害怕——我雖然是個政委，只不過是個來幫你們做事的僕人。不要怕，把你們自己心裡的話說出來。我們要讓你們知道，共產黨是絕對不強迫人民的！」

臺下的人給說得難為情起來了。

停了停，政委不笑了，他說：

「哦！原來你們不開心！」

聽聽這話裡有話，站在前面的搶著說，不過聲音很低。

「不！不！我們很開心！」

「這就對啦！」政委又笑起來，接著又問：「那麼你們覺得國民黨對你們好，還是共產黨對你們好？」

「共產黨！」聲音大了一點。

「好！」政委滿意了，他向臺下掃了一眼，說：「你們既然曉得國民黨對你們不好，那麼那些替國民黨做事的，仗著國民黨來欺負你們的，我們應不應該清算他們？」

「——應該！」

站在政委後面的馬隊長的臉色突然變了樣，幾乎連站都站不穩，他覺得臺下的人老是盯著他看。而政委的腦袋瓜後面，也像是長有個眼睛似的。他想：準是剛才給這雜種拍巴掌拍壞了。

可是，政委卻說：

「好！」他向臺邊的兩個兵擺擺手。「去把那些人押來！」

那兩個兵走了之後，臺下的人吱吱喳喳的猜測起來，「挨刀的」也借著這機會鬆下口氣。

沒多會，人押來了，劉鎮長走在前面，後面是給餓了兩天的十七個窯工。臺下面那些窯工的眷屬突然亂起來，一邊哭一邊喊的要撲過去，那些兵用槍托推她們，樂生奶奶死死的抓住趙樂生，說什麼都不肯放手，結果還是給後面趕來的兩個兵拖開了，於是這個老太婆便跌坐在地上，叫人心酸地啞著聲音嚎起來。

劉鎮長首先被拖上了戲臺，他低著頭，痲痲木木的站在臺中央。才天把天，他就像是老了十幾歲似的。那晚上他回到長慶酒樓之後；就明白小蓮姑是怎麼回事了——那張給弄得亂七八糟的床，床架上拴著的繩子，小蓮姑的鞋，還有牆根上那塊裹衣包的布……他越想越氣，越想越傷心，最後，他忍不住哭了。不過，他記得有人說大貴是福相，不會短壽，而且，他自問沒幹過傷天害理的缺德事，不會報應到自己的頭上。可是等到第二天給馬隊長不分青紅皂白的抓到自衛隊來，和那些窯工談，才知道大貴真的沒了下落，於是他才絕了望。

「他們要怎麼來，就怎麼來吧！」他這樣想，心也就橫了下來。

現在他站在臺上，向下面那些人望望，他倒反而覺得苦惱的並不是自己，而是下面的那些人。

「這是一場戲呢？」他馬上就想起新正的那個晚上，大貴回來的那個晚上——他忍不住笑起來。

「再過幾個月，我就要抱孫子了！」

政委沒讓他想下去，他站過來，指著劉鎮長說：

「我們現在先清算他！他是頭號的，人民的公敵！他是國民黨反動政府的鎮長，他刮削你們，壓制你們——你們看，你們住的是土屋，他住的是瓦房！」

「住瓦房都犯法了吓！」開始有人不滿意。政委繼續說：

「我們共產黨是講究民主的，」他第四次說這句話。「你們要怎麼辦，就怎麼辦，反正是你們自己的事情，你們自己來作主，處置他！」

「……」

「快說呀——有寃報寃，有仇報仇！」

「……」

眼看大家的鬥爭情緒不夠了熱烈，政委又搬出他那套看家本領。

「好吧！」他說：「你們都不肯說，一定是你們還怕他——那麼我們就要他自己說，自己坦白出來！」於是他回轉身，拍拍鎮長的肩膀。「你看，由此可見你做過多少壞事——人民都怕你！現在，他們的意思是叫你自己來坦白，我看你還是自己說出來吧！」

「……」劉鎮長不響，還是低著頭。

「你以為不說就賴得過嗎？說吧！坦白出來了，就表示你知道了自己的錯誤——人民還可以寬恕你！」

「……」

政委向臺下的人說：

「你們看，他到了現在還不肯認錯！」

劉鎮長像是拿定了主意，突然抬起頭，顫著聲音說：

「各位父老兄弟姊妹，我劉餘慶摸著良心說，我這輩子就沒有做過傷天害理的事！如果說我做錯的話，就是我這個人太軟弱，那年讓這『挨刀的』當了自衞隊長！」

「政委，他罵人！」馬隊長插口道。

「先讓他罵。」

「後來又讓他冒政府的名義去開煤山！」

「噢！」臺下的人喊起來。

「他血口噴人！」馬隊長急急地向臺前拐過來，叫道：「他血口噴人！」

政委伸伸手？

「不許扯旁的，現在叫你坦白！」他說。

「我沒有什麼好坦白的！」好像一想到大貴，劉鎮長的膽子就壯了起來似的，他接著說：「我行得正，立得穩！」

「現在你們聽清楚了吧！他不認錯——來！誰來起個帶頭作用，清算他！」

馬隊長眼看這是個機會，為了要補上剛才拍巴掌的損失，他搶先開口。

「我清算他！」他叫道：「我從十五歲那年他出錢葬我爹，他就收買我……」

臺下的人不滿意地亂起來。

馬隊長望望政委，想想如果說用錢賄賂個自衛隊長來幹，更沒人信，於是變了個說法。「等到那年我在新四軍給反動派軍隊打傷了左腿回來，」他又望望政委，看有沒有聽出毛病。「——他強姦我……」

「他娘的！強姦他的臭屁股嗎！」

「雜種在胡扯！」

「強姦我，我的主意——逼著我幹自衛隊長！」

「放屁！」

「胡說！」

臺下的人叫嚷起來。

生怕再說下去，自己反而變成清算的對象，於是「挨刀的」青著臉，三句併成一句的說，連好些新名詞都忘了夾進去。

「後來他勾結包家，漢奸——開煤山，我為了神聖的策反工作，為了保護人民的資產。」這句話說得滿有份量，他得意起來。「便自願去，呃，接近那些窯工的，呃——無產階級！後來，他的兒子回來了，他的兒子是反動派的兵！他窩藏國特！快解放的時候，他帶著十幾個反動份子幫國民黨軍隊打我們人民解放軍，還強姦我的主意！」

「怎麼，大貴又強姦他！」

「搶了我五擔米去接濟國民黨的軍隊！」說著，他從口袋裡將大貴立的那張字據掏了出來，在手上搖搖、然後遞給劉鎮長。「喏——這就是你兒子的筆據！」

劉鎮長慌忙攤開那張竹紙，只看見上面寫著：

爹：我走了，您自己保重，有機會，我還是要回來。代向大奶和小蓮姑致意。

「啊！原來大貴給逃掉了！」劉鎮長笑出聲音來。

看見劉鎮長沒由來的笑，政委一手將那張筆據抓過來，看了看，眉毛跟著豎起來。「是你兒子的筆跡嗎？」他兇兇地問。

劉鎮長點點頭。

政委機警地將那張紙在手上揚揚，向臺下說：

「——他承認了！」於是將紙條塞進口袋裡。大聲問：「那麼你們說他有沒有罪？」

鎮上的人和那些窯工都不響，只有自衛隊的幾個人在乾嚷：

「有罪！」

「那麼你們那些不說話的，」政委狡詐地說：「就是表示他沒罪，就等於同情國民黨囉？」

聽見他在給自己反戴帽子，沒說話的覺得不妥，不得不立刻表示表示，於是你一句我一句的說：

「不！不是！」

「好！那麼你們都承認他有罪了。」害怕會中途變卦，政委馬上接著說：「那麼要怎樣處置他呢？你們說，你們自己作主！」

「充他田地房產的公！」馬旺舉起手叫。

「對啦！這樣才算是站穩了你們自己的立場，田地房產都是他從你們的身上刮削來的，應該充公！」說著，又向臺下問：「還有呢？」

鎮上的人和那些窯工依然不響。只聽見小長富在叫：聲音小得像是年把沒吃過飯似的。

「槍，槍……斃他！」

劉鎮長安安穩穩的，動也不動。

臺下反而亂糟糟地閧起來。

看情勢，一時鎮壓不下去，政委連忙使出他的殺手鐧，笑著伸手去讓大家靜下來，然後假慈假悲地說：

「本來，我應該照著你們的意思來做——槍斃他！」他回頭望望鎮長。「不過，直到現在，他還不明白自己犯了什麼錯誤，而且，我們共產黨是講道理的，寬大為懷的，所以我替他向各位求情，請大家給他一個覺悟的機會，讓他反省反省……」

連馬隊長都沒料到政委會來這一手，他這一說，臺下的人立刻靜下來，他們偷偷地說：

「真看不出來吓！」

「共產黨也有好人哇！」

「……我們先把他關起來，讓他自己覺悟了再說。」政委結束了他的話，沒等大家表示意見，他已經叫兵將劉鎮長押下臺去。

因為臺子太小，跟著押上來的十七個窯工只好拖到臺子的前面，讓臺下的人往後退幾步。而樂生奶奶，又拐著她的小腳跟了上來，嚶嚶地哭著，她沒理那些兵，直直地闖進去抱住趙樂生，有幾個兵過來拖她，給政委止住了。

接著，便開始宣佈那十七個窯工的罪狀，是反動份子，「國特」，本來應該依照人民的意見，槍斃他們。後來看見臺下那些窯工——標準的無產階級——的情緒不對，老黨員政委同志又出來做好人，「他向人民替他們求情」看在他們盲從無知，而且為了生產，所以請「人民」饒恕他們，給他們一個機會，大力生產，戴罪立功。不過，暫時還要看管看管。

於是臺下的人都滿意了，甚至連後來政委誇讚馬隊長對解放工作的功勞最大，要推他出來當村長，大家都認為很合情理，因為「人家政委有分寸，錯不了」——沒一個人反對。

散了會，那些窯工的家眷走上臺去，跪在政委盼面前磕頭，感激他救了命，說他是「清官」，菩薩心腸。

「啊，起來起來！」政委笑著伸手攙起那些人，說：「國民黨才興這一套，現在解放啦！你們變成主人啦！那裡有主人去跟僕人磕頭的道理！」

馬旺借著這個機會，挨近「挨刀的」，親親熱熱的恭維一聲：

「村長！」

馬隊長打心裡笑出聲音來，他望著馬旺那張豬肝臉，認真地說：

「明天我就派你做民兵隊隊長！」

二十三

還沒等到明天，馬村長（因為大家都改了，如果是公事，便在下面加同志兩個字。）就派馬旺當民兵隊長。鎮上的人看來，都認為是怕別人還當他是自衛隊長的緣故，其實，倒的確另有文章──散會之後，政委就決定為了駕輕就熟，讓他兼管煤山。

「這就是本村的大動脈，最容易表現工作成績的地方？我們得要好好的把握住。」政委同志說，額上還是跳出那條青筋。「還有一點，你要多多的爭取窯工裡面的中間份子，而且在鎮上你的工作做得不夠了，你看剛才，不換一個方法就出事情！」

村長同志徹底的佩服政委同志的眼光和手法。他一邊點頭一邊說：

「我坦白的承認自己的錯誤──我的滲透工作統統都失敗。」他最明白，多認錯就是表示前進，只要前進，就什麼都好商量。「不過，那些窯工的確不好弄，都是頑固份子──他們都是蘇北逃來的難民！」

「那還不容易──他們吃不吃飯！」

「是！」

「你得賣點力啊！知道嗎？什麼叫做革命？」政委摸摸口袋裡大貴的那張筆據，警告道：「你本身還有很多毛病，只不過我寬大，給你點時間表現表現就是了！」

所以才吃過中飯，馬村長就趕上煤山「革命」去了。臨走之前，政委當面給他幾點指示，然後叫那個粗矮的王排長，帶著兩班人，和那十七個被看管的窯工，跟他一起到山上去，駐紮在那兒——鎮壓。

到了山上，才上任的民兵隊隊長已經替他安排好了；就在煤場上，照著前進的新花樣，也來開開會。美中不足的，就是沒有小戲臺，他只好叫人抬過一塊大石頭，站在上面。

「現在已經解你們的放了，翻你們的身了！」一開頭，馬必正馬村長就學政委的腔調，先來這麼兩句。從昨天晚上開始，他就連覺都不睡，想老底子在新四軍的時候常唸的名詞，一想就想到百把十個，所以今天用了一天還用不完。現在也好借著這值機會，在這羣「頑他娘的固」的窯工面前，賣弄賣弄。於是他站站穩，說：「你們都是最勞動的階級！呃，我侖他個祖奶奶的！」

他望望腳上那塊石頭，又站站穩。「——呃！共產黨就是替你們這些階級，革他娘的命，打他娘的天下！嗯——現在已經解你們的放了，翻你們的身了……」

總之，他這套話又臭又長，叫毛澤東同志來也不見得聽得明白。等到他那百把十個名詞全用完之後，才回到正題，那就是臨走的時候，政委指示的那幾點：

第一：明天開始復工，不幹的以反革命論罪。

第二：是勞工社會最合理的工作時間：八小時工作，八小時休息，八小時娛樂。

第三：每十個人編一組，選一個人出來當組長。

第四：沒有他和王排長的許可，不許離開煤山。

第五：提高待遇，比「反動政府」的時候增加一倍。

宣佈完了，「挨刀的」馬上說：

「現在，你們總相信我處處都維護你們了吧！再說，加工錢又沒有加到我的頭上，我憑什麼要替你們爭——一加就是一倍！像老底子，」他撇撇嘴。「你們替反動政府賣他妹子的命，連玉米粥，窩窩頭也啃不飽哇，而且，還要七折八扣的，連電石錢都要往你們頭上攤！」

胡三叔的堂房侄子胡有財馬上記起來，這都是他去年年底討工錢的時候說的話。

「雜種的記性真好！」他咒起來。

話說完了，要想更前進一步，跟政委同志看齊，我們這位新任的上魏村村長馬必正同志馬上向他學習，連那副神態和腔調，都不差分毫。

「你們開不開心？」他問：「你們開不開心？」

窯工們帶理不理地悶著。

「哦！原來你們不開心！」

還是老樣子。

「這些孫子，真是頑他十八代祖奶奶的固！」馬村長在心裡痛痛快快的罵了一句，馬上想到了下臺的主意。他歪著嘴笑著說：「好！我們來換個方法不開心的，請開口！」

這方法果然靈驗，沒人開口。既然不開口，那當然是表示開心了！於是，他神神氣氣地走下那塊石頭。立刻給民兵隊長兼工頭馬旺同志幾點指示，最後一點：是最好給他也搭個小戲臺，讓以後開會的時候像樣一點。

「要不然，在那塊石頭上面，立場不容易站穩！」

等村長同志拐著腿走了之後，排長同志馬上替那些窯工點名分組，按著馬旺同志開出來的名單，每一組加一個「自己人」，趙樂生和另外十六個被看管的窯工，也被分開編到各組裡去。因為取的是連環保，所以不要看管，也不怕他們逃掉；至於這種連環保，非但是人與人，連組與組都有這種關係。同時，還規定在休息的時候，各組要開會檢討和學習，由駐紮在煤山上的兩班解放軍同志參加指導。

二十四

從那天開過會以後，政委自己也有點看出來，上魏人真的像村長同志所說的那樣：「頑他娘的固」。他很明白，如果「人民」的情緒抓不牢，鬥爭便無從鬥起。在表面上看，他們都有點幸災樂禍，各不相干，可是又像是有點什麼東面接連著，什麼事情都跟他們有牽連。

「就是這些包袱！」他反反覆覆的唸著。

為了要「說服」和「各個擊破」，說清楚點就是從中挑撥挑撥。他開始挨家挨戶地訪問訪問，很有點像老底子的清官微服出巡，私訪民隱的樣子，有說有笑，而且連茶水都怕得喝人家一口，老是將自己的香煙向人家的手上塞。而那些被訪問的人家呢，看見政委駕到，起先有點摸不大清楚，究竟有什麼麻煩，又心慌又害怕，說不出個什麼滋味。後來坐穩了，閒聊幾句，抽抽給塞進手上的香煙，才寬了心。想想；人家身為政委，非但沒有半點架子，還親自來問寒問暖的，留下吃頓便飯，說什麼也不肯，臨走的時候，政委還陰聲細氣的在自己的耳朵邊說了幾句知心話——這家說你怎樣，那家說你怎樣——於是越發相信政委是個厚道人，是個「再也找不到的清官」。

「那些雜種說我的壞話，他連信都不信哇，如果那個的話，他還肯告訴我嗎？」所以，由此可見，政委對他家比對誰家都好些。

結果後來呢，上魏人的肝火都給兜起來了。在鬥爭會上，也就一次比一次熱鬧，只要看見委向那個被鬥的人的身上一指，臺下便喊打喊殺的吼起來。

「你娘的！我看你怎麼樣再向政委嚼舌頭！」

從此，場子上沒安靜過，鬥爭會十天就開了七次；三鬥兩鬥，越鬥越不是滋味，可是越不是滋味越要鬥你不鬥別人，別人就要鬥你。總之，什麼都是假的，自己最要緊。

就這樣，稍為有點田產的給鬥了。稍為惹別人眼的也給鬥了，連丁老秀才和大夫胡三叔之類的老好人都逃了，因為好人都有罪——他們指得出來，就跟有錢的一樣，越好罪越重是「善霸」！不過呢，不管他們怎麼樣翻著爛帳來鬥，到後來，政委總是出來做好人。「請人民看在他的份上，原諒他們。」對那些有田產的，給他們一點機會悔過；對那些年紀還不太大的，給他們一個機會「戴罪立功」。總之，共產黨是講道理的，民主的，寬大為懷的，連那些給關起來的在內，政委同志都給他們一個反省的機會。

至於煤山呢，那種情形就跟上魏差不多，窯工們除了休息跟下窯，就得開會「檢討」和「學習」，聽那個參加指導的解放軍同志胡扯，後來聽多了，覺得來來去去都是這一套，只要平常多記記那些新名詞，像村長同志那樣——多說說；不管是別人還是自己，也不管是對還是不對，多批評批評，這就得了。

從那天村長帶著兩班人上山，說是明天開始便要開工之後，他們的心裡有兩種想頭，不知道怎麼樣才好？不過，既然已經來了，就得安下心來，提神應付。對於共產黨耍的種種花頭，他們儘管不懂，也要比上魏人見得早，聽得多；現在聽到這「挨刀的」宣佈的新條例，說什麼八小時工作，八小休時息，而且，工錢還加一倍，這裡面一定有講究。

「共產黨的錢，有那麼好拿的呀！」

果然，沒錯，開工後的第一個禮拜，在全體舉行的工作檢討會上，那隻餓壞了的老鼠小長富便走上臺去，說開了。歸根結底，就是說人民政府對窯工太好了，工作的時間短了幾個鐘頭，這個不說，還加了一倍的工錢，他覺得很對不起「人民」，所以麼，他提議大家自動加班兩個鐘頭增加生產。這個提議，當然馬上就通過了——因為他問不贊成的舉手——有人竟然還說，兩個鐘頭太少，報答不了共產黨的「大恩大德」，說是應該加班四個鐘頭。可是，共產黨好的就是這種地方，說什麼也不肯「剝削」勞動階級，總是不能接受。而且，很感激小長富同志的提議，一定要將「窯工們」的這個意思反映上去。散了會，大家都覺得奇怪，而這邊，佈告已經貼出來了——為了要配合目前的需要（航運給反動政府封鎖了，東北的煤運不過來），當然，這種需要跟「神聖而偉大的解放工作」有關的，所以「全國」各地所有的煤礦工人同志們，都熱烈地舉行生產競賽，所以——本礦山為了響應這個「神聖而偉大」的運動，將下週的生產額暫增（那是說以後還要增加的）百分之三十。

於是們也只好將工作的時間從八小時延長到十二小時。就等於提議加班四小時一樣。相同的地方，就是這兩個辦法，都是他們「自願的」。

這一下，工作的時間和加工錢這個問題，大家都不耐煩提了。

到了第二個星期，在發工錢的時候（為了體貼勞動階級，半個月發一次），又開了一次會點發。那天政委和村長都來了，先來一套道理，再灌一碗迷湯，然後說到正題。政委指著掛在臺上——民兵隊長馬旺同志照著村長同志的指示搭的——的一張「生產統計表」。

「我們還要多多的努力，」他說，額上跳著青筋。「希望能夠了在下半月份達到預定的產量！呃，我相信，絕對沒有問題的，」接著，他一本正經地結束他的話，他在尾後沒忘記，說一句：

「對各位這種無產階級的高度工作熱情，兄弟無限敬佩！」

於是，各組的代表一個跟著一個上臺去批判一番。最後，又是小長富同志提議：既然工作沒有達到目標，那麼他覺得很慚愧，又是對不起「人民」，所以麼，他提議自動減工錢——因為有一部分工錢，他覺得不該拿。

「老底子，」小長富同志叫道。他並不因為解了放翻了身而吃得飽一點，還是像一隻餓壞了的老鼠。「我們替反……反動政府，賣，賣命吓！他們要我們幹……幹十四個鐘頭，他們講包工，不幹也得幹——而且還從月頭拖到月尾，不發！還要扣電石錢！」他舐舐嘴唇。「現在呢，我們甘心情願的哇！人民政府這樣待我們，我們不好意思吓，既然我們做得不夠了，嗯……跟目標差很大距離！」他突然舉起手，叫起來：「——所以，我們應該覺悟，我贊成減去我們不該拿的工錢，除了這樣，我們沒有其他的方法去…呃，去……」說著，說著，他忘了下面那句名詞，他的臉馬上紅起來，慢慢的，又發青，這一遍話他記得自己背得滾瓜爛熟的。於是抓抓頭，摸摸脖子，楞在臺上，但，想想不說又不成，想又想不起，只好變了主意，把那句名詞丟掉。「呃！總之，一句話，我們自動要求減去一半工錢！」

這次政委沒反對，連他自己都鼓起掌來。

接著，又是「不贊成的舉手」。

——一致通過。沒有一個舉手。

可是，政委同志又立刻反對。

「不不不！」他伸開手，像是決心把這個提議推開似的。他笑著說：「各位有這種心意，已經很夠了了——不過，工錢是上面決定的，你們要求減低，我很感動，但是，我不能照著辦，因為，這等於變相的剝削。各位都知道，我們共產黨一向都維護勞動階級，為勞動階級的利益著想的！」

「這是我們甘心情願的哇！」小長富這一夥叫道。

「我知道，在自由民主的共產主義社會，是絕對沒有強迫這兩個字的！」政委笑得更自然了。「你們的意思，我代表人民政府，心領了。其實，你們不一定要減工錢，才算有機會報國，只要努力生產，還是一樣！」

但，並不是政委同志反對，窯工們便沒有「報國」的機會。而且，「路是人走出來的」，變了個名字，由「減薪」變為「捐獻」。只不過是脫了褲子放屁，多費一道手續，將工錢發給窯工，再從窯工的手上將一半的錢收回來。

窯工們再數數手上的錢，自言自語地說：

「你妹子的！現在該要看準了吧！」

二十五

這天，馬村長才拐進大發店，楊寡婦便冷言冷語地譏諷起來，她笑著說：

「村——長！」

「挨刀的」聽見她這樣叫，便將眉頭一縐，在櫃臺邊停住腳。

「個臭婆娘！叫我村長，準有好聽的在後頭！」他心裡說。故意若無其事地接上一句：

「曖唷！我說今天怎麼客氣起來了！」

「什麼客氣不客氣，應該的哇！」

「妳還是叫我隊長，我才覺得舒服。」

「啊——這樣說，你還是滿念舊的！」看看他不接著說下去，楊寡婦用圍裙擦擦手，假慇懃起來。「——裡頭坐吓！」

馬村長一邊拐進店堂，一邊在咒：

「肏她妹子！把我當客人了！」

「誰不把你當客人啦？」楊寡婦故意回過頭，裝作奇怪地看著他，輕聲說：「——是不是包家……」

「妳就是曉得個包家！」村長同志馬上打斷她的話。

「說的是哇！你關心的，我還敢不關心嗎！」

馬村長把茶杯往桌子一擱，惱起來：

「我說，妳給我少來這些不三不四的話吓，妳不要以為妳跟政委搞上了……」

「這還不是你村——長大量嗎！」楊寡婦把嘴一撇，向櫃臺那邊走開了。

自從解放以後，上魏人已經不大愛說閒話了——還是自己要緊——這就是最進步的地方。一方面是因為長慶酒樓一封，大家都沒有地方歇腳，而最大的原因，倒是因為家家都有仇，心裡不舒服。所以呢，政委、馬必正、楊寡婦三個人之間的事情，外頭還很少有人知道——就算知道，也裝著不知道。年辰不同，少知為妙。

從那晚上替政委在大發店洗塵開始，「挨刀的」就看出一點花頭來——政委老是歪著眼睛盯楊寡婦。他呢，他就看準這是個機會，不肯放過。所以當政委在的時候，他總是借故走開，「給他們個機會」。他很明白，一來，這樣可以表示自己「前進」，丟得了「包袱」；另一方面呢，那還用說，走走「裙帶路線」，自己可以站穩一點。其實，最主要的，還是因為小蓮姑。

「他妹子的，又細又嫩，比後街的小春紅還那個！」一想到這，他又用手板心去擦擦臉上那些發癢的酒刺，古里古怪的笑起來。於是，只要一有空，就到包家去溜溜，故意造些消息去嚇唬嚇唬那生病的包大奶，然後又拍拍胸口，表示自己有辦法，請她放「一百二十萬個心」。總之，他在打什麼鬼主意，楊媽一目了然，她聽著，沒有表示什麼，只是這「挨刀的」要纏纏小蓮姑的時候，她就衞護著她，而且還敢當面給他難堪。

「我怕什麼！」楊媽說：「大不了命一條，就讓他們鬥好了！反正我無牽無掛，怎麼樣死都成！」

而小蓮姑呢，像是著了什麼魔似的，一天到晚都悶聲不響，呆呆的坐著，誰她都看不見——她的眼睛大大的張著，連霎也不霎。有些時候，她就靜悄悄的走出園門，坐在那棵樹下面發楞。包大奶眼淚哭乾了，嗓子喊啞了。還是沒有用。結果呢，氣喘病越發越嚴重，一躺下就爬不起來，老是睡著那兩句話。

「我的心肝寶貝女兒！」和「他們就要鬥來了！」

起先，楊媽認為，她們這種情形，過些時候就會好起來的，那曉得越來越厲害，這才發起愁來。以前呢！碰到什麼事，還可以到鎮上去找劉鎮長商量商量，拿個主意。現在什麼都變了，就算他沒有被他們押起來，也不見得能夠了幫點什麼忙。所以，她除了照顧她們之外，就天天燒香拜佛，求求那大慈大悲救苦救難的觀世音菩薩顯顯靈，降降福。

日子一久，馬必正這一套鬼板眼給楊寡婦看出來了，她就理直氣壯的找他論理。「你說，你存心把我往那邊擱吓！」

「怎麼，」他回嘴：「捧妳還捧怪了嗎？」

「我是爛泥菩薩，捧不起來！」

「真他娘的不識抬舉！」挨刀的壓低了嗓門說：「老子花了一番苦心，呃，忍痛犧牲！還不是為了……」

「為了你自己！」

「我，」他緩和地笑了，走過去，拍拍楊寡婦的肩膀。「好了，別哭了，難道政委不比我好？」

這不說還好，一說，楊寡婦可大哭大鬧起來。

「你這個狼心狗肺的，雷打你吓！你說的什麼話？啊！人說的嘛，——這些年來，我連頭都不敢抬，站起來都比別人矮一截！你，你這挨刀砍腦殼的，你說的什麼話，嗬！我不想活了……」她一邊哭，一邊嚷：「——我不想活了，你這個雷打天燒的！畜牲！我已經錯過一次了，我還能再錯一次嗎！」

可是那「挨刀遭雷劈」的呢，沒理她，走了。一走就是三天不照面，奈何他不得。於是楊寡婦想想，也就轉了念。她向自己說：

「要爛就爛到底，反正今世是不要想再做人了，老娘就做個鬼給你看看！」

從此，她就一心一意的做給姓馬的看。她主動去將就政委，向他撒撒嬌，灌灌迷湯，有些時候，還當著村長同志的面，讓政委毛手毛腳的在自己的身上亂摸。

「莫慌，候到了機會，你瞧我的！」她告訴自己。

不過，她對於政委的感情，倒是滿奇怪的，大概是因為那天鬥趙樂生他們的時候，他出來調解的緣故，後來她又看見他和和氣氣的，處處都做得妥妥貼貼。相貌呢，「就要比這挨刀的像個人」，所以，現在她為了要出這口氣，才「爛給他看」，心裡，倒的確要比那年子跟「挨刀的」姘起來的時候舒服一點，雖然這兩個人都不是自己心甘情願的。

現在，走到櫃臺邊，楊寡婦回轉頭，她的眼睛，有點不大瞧得起的味道，望著坐在店堂裡發悶氣的馬村長，半真半假地說：

「今天來，是不是又為了店裡的錢？」

「不該來啦？」馬村長叫道：「是老子花錢開的哇！」

「這怎麼算法呀——算都算不清吓！」

「有什麼算不清，老子下了多少本，就收回多少！」

楊寡婦輕輕的從鼻管裡哼了一下，笑起來。

「說得倒簡單！」她說；「那麼……」索性把臉一拉，她叉著手向他走過來。「我給你睡了幾年，又怎麼算？就算最便宜的那種窯子姑娘好了！」

「妳妹子的！」馬村子拍著桌子站起來。她馬上把他的話截住：

「現在解放了哇，我說村——長，」楊寡婦撇著嘴說：「反正我一不貪污，二不做虧心事，我什麼都不怕！」

「妳當然是不怕囉！」

「假的嗎？你不信，等一下我叫政委給我們兩個開個會，讓我們當眾坦白坦白，看誰鬥得過誰！」

馬村長看看勢頭不對，馬上笑著轉口：

「唷唷唷！」他說：「怎麼說說笑話就反起臉來啦！」他動了動眉毛。「妳想，人我都捨得了，我難道還捨不得這幾個錢啦！」

「這才像話。」

「算你狠！」

「那麼……」楊寡婦平下氣，心裡直發笑。接著又故意問：「——既然不是來算帳，又是什麼呢？」

「來坐坐總可以吧！」

「當然可以！」楊寡婦說著，又回到櫃臺那邊去了。等到她在一張高凳子坐了下來，她又忍不住似的唸起來，有意讓「挨刀的」聽見。「——這次總算是給你吃到天鵝肉了。」

馬村長沉著臉，向她走過去。

「妳說什麼？」

「我隨便說說。」

「隨便說說？」他歪著眼睛望著她。「說來聽聽！」

「還不是你的好事情！」

「好事情？」

楊寡婦帶著輕笑，故作平淡地說：

「那張報告——你不是想討小蓮姑嗎？」

「……」

「……」

「不准？」馬村長像是向自己說。

「怎麼會不准呢！等到把包家門了，就配給你！」

「哦！」他突然笑起來。

「不過，」楊寡婦望著他。「人家小蓮姑挺著個肚子哇！」

「那有什麼關係，現在根本就不講究這一套。」挨刀的快活地說：「——管它的！」

走出大發店，他像是有點什麼心事似的，一邊走一邊想。突然，當他看見一個大肚子女人在他的面前走過的時候，他脫口咒了一句：

「——孽種！」

跟著，他又記起剛才楊寡婦這副樣兒，尤其她那種笑，好像這種聲音直到現在還一刀刀向自己的心口上戮似的。

「臭婊子！老子總有一天要她笑不出聲音來！」

於是他向對面民兵隊走過去。

二十六

馬村長素來都是說得出，就做得到的。第二天，馬旺就帶了一個新的指示，上煤山去。

——為了配合目前的需要，增加生產（這個理由是永遠站得穩的），所以，礦山準備多開三條爬龍。那是毫無疑問的，這份責任就落在趙樂生這十七個人的身上，因為，給他們一個覺悟和立功的機會。說得更明白一點，就是「勞動改造」！

吃飯的時候，樂生奶奶就看著自己的兒子，想了半天才想出一句話說：

「開新坑口，不是件容易事吧！」

趙樂生起先低著頭，大口大口地吃著飯，他不敢抬起眼睛去看自己的娘，怕的就是她要問這個問題。現在，樂生奶奶已經說出口了，他只好抬起頭，安慰地笑笑說：

「不要緊，小心點就成了！」

「唉！」樂生奶奶嘆了口氣，用筷子撥撥碗裡的糙米飯。「就算罰也不是這種罰法呀！一天要幹足十六七個鐘頭……」

「娘！」趙樂生制止地叫了一聲，然後機警地望望門口。

「能夠了歇，還是歇歇，再賣力氣都是假的——你不看看自己，瘦成個啥樣！」

趙樂生老實地笑笑，替他的娘夾了一塊醃菜，回答：「開完了坑口，他們總不會再讓咱們這樣幹了！」

「不會！你瞧著吧！」

在中午下坑的時候，他碰見周志遠他們，看看旁邊沒別人，他輕輕的說：

「咱們可要當心，這事情準有點蹊蹺。」

「就是這樣說，」周志遠裝咳嗽，掩著嘴巴說：「一號坑口那頭早就斷了龍（煤已挖完的死坑），現在要咱們在那邊開，不是活見鬼嗎！」

「聽說還要限時間呢？」

「限吧！限吧！限足了一天也不會變成二十五個鐘頭！」

「我自己倒無所謂，」趙樂生憂心地蹙起眉毛，難過地說：「我就是替娘擔心，萬一真的有個什麼三長兩短……」

「你又來了！」

有人來了，他們才分開到自己的坑口去。

從第二天開始，他們十七個人便被調到一起，六個人開一個坑，趙樂生和周志遠這一組少一個人。開坑之前，那個傳了幾代的風水先生站在那裡作法，嘴裡唸唸有詞，然後對著羅盤，再用腳步量量，便算探出了龍脈——在地上畫一個圈，他們就動起手來。

雖然他們每天要做夠了十六小時，可是，他們還是開開心心的。因為以前們他們都分到各組裡去，沒機會見面，就是見了面，也沒機會說話——三個人站在一起，就是非法聚會——而現在呢，一來沒人監視，二來不怕給別人聽見。而且，一號坑已經斷了龍，所以這一帶就根本沒人過來。因此，他們非但不覺得自己是在受活罪，反而得其所哉，將那些平常不敢發的牢騷，帶到黑黝黝的坑裡去發洩個夠了，這才覺得舒服。

可是，再過幾天，問題就來了。上面發下來的材料不夠了用，而且地質太鬆，領到的竹枝和木條都太細，怕撐不住，向馬旺說（他還是在幹煤山的工頭），他只是唔唔呀呀，帶理不理，後來的確不能夠了再挖下去了，才不得不派幾個人去找他商量。

見了面，還沒等別人開口，馬旺便叫起來：

「我看，你們還是給我安份一點吧！」

「說實在的，挖不下去呀，」趙樂生照實說：「下面的土太鬆了！」

「什麼太鬆太緊！又不是叫你們去嫖姑娘！」馬旺的脖子跟著粗起來；「他娘的！你們分明在搗蛋嘛！」

「誰搗蛋？」周志遠搶著說：「撐不住就撐不住，假不來的呀！不信，請你下去看看！」

馬旺横了說話的人一眼，沒停下那在拿著夾子拔鬍子的手，悠悠閒閒地嚷道：

「別的坑，也是費這麼多料，怎麼又可以挖下去了？而輪到你們麼，就會不夠！哼……」他霎霎眼睛。「回去給我規規矩矩的幹吓！如果讓村長知道……」

「那不就等於叫咱們去送命嗎！」另一個漢子忍不住暖起來。

「同志！」馬旺歪過頭，怪腔怪調地警告：「說話可要當心哇！什麼人強著你們幹？」

「……」窯工們不響，望著他。

「你——你們上個報告，乾脆辭工好了！」工頭又小小心心地開始拔他的鬍子，不再去理他們。

他們看看沒有結果，只好回到坑口，然後決定把今天挖完。明天再設法叫上面添材料。

第二天，材料依然沒有著落，不過，馬旺倒是裝著蠻肯幫忙的樣子，答應在這幾天之內就發下來。目前，就將就點算了。

大家都不高興，尤其是趙樂生。這兩天，他就沒敢把這種情形告訴他的娘。昨晚上，母子兩人睡前閒聊，突然又聊到這個上頭。樂生奶奶淌著眼淚，嘆氣，怪自己的命苦，讓兒子受這種罪；而且，「二三十歲的啦，連個媳婦還沒有！」——趙樂生呢，坐在牆角，憐惜地望著自己的娘。忽然，他想起了楊寡婦，臉跟著就紅起來，心跳的厲害。「這就是命！」他心裡說：「不然……」。

「萬一我真的有個什麼三長兩短……」他突然說出聲音來。不過，那聲音很含糊，有點打顫。

「樂生，你說什麼？」樂生奶奶奇怪地問。

「沒什麼——我學『賭鬼』念賭經……」他連忙支吾過去。但這晚上，他一夜睡不著，對於這個問題，他越想越害怕。

現在，他低著頭向坑口走的時候，這句話又在他的耳朵邊響起來了，他禁不住打了個哆嗦，像是他已經看到了一點什麼似的。可是，他又馬上安慰自己。「得要更加當心點！」他說。

「話就是這樣說呀！」周志遠靠近他。

他也看出來，樂生今天的神情有點不對。

「總之，他們罰咱們也好。鬥咱們也好——有多少料，就幹多少活！」

到了坑邊，看不見其他的人，他們兩人就覺得奇怪，要是說來遲了，總不見得都來遲吧。他們向四邊望望，才發現一號大坑口搭著一根拉索，那顯然是說明了有人在坑下，不過，這坑口已經死了年把年了的，下去幹什麼呢？他們互相看了一眼，便向它走過去。

果然，裡面有點人聲。

「一定是他們！」周志遠先說。「咱們下去看看。」

因為一號坑是大爬龍，又寬又大，所以他們可以並排的爬下去。那根拉索，只不過是給上來下去的人多帶一點力，方便一點而已。等到他們到了半腰，下面的聲音突然沒有了。他們也跟著停住腳，再等了等，趙樂生才試著喊：

「誰在下面？」

「啊！樂生的聲音！」下面有人說：「——下來！下來！」

到了坑底，有人拿著一支小手電燈亮了亮，他們才看見大夥兒都圍在哪兒，他們便向他們摸過去。

「什麼事？」周志遠急呼呼的問。

「大貴回來啦！」

「什麼時候？在哪兒？」

「昨兒晚上，」於是，賭鬼曾得海將話再從頭說一遍：說是沒錢賭，睡不著。而且他住的那間小草房最挨邊，比較偏一點，他出來解手的時候，就撞見大貴。他們在草房裡談了很久，大貴才走，說今兒晚上再來。

「他回來幹什麼呢？」

「還不是問問大家的情形，」賭鬼繼續說：「他聽到他爹給押起來，小蓮姑瘋了，他楞了半天，好像說了一句話，說什麼『那晚上我進去看看就好了』……」

看見大家不再問，他又接著說：

「他在太湖打游擊呀！」

「他想救他爹跟小蓮姑？」

「赤手空拳，救個啥！」

「──臨走的時候，他叮囑我千萬別嚷開，他要回來幹點名堂給那些王八蛋看看！」

「時候不早了，咱們上去吧，不然給那些孫子發覺了，反而不好！」趙樂生機警地說：「如果碰見他們，咱們就說是下坑來拆廢料的！」

「趕明兒，咱們早一點下來，我再給你們帶消息！」賭鬼快活地說。

「晚上別忘了問他，」周志遠一手抓住曾得海，說：「能不能夠了想法帶咱們到太湖去？」

爬出了坑口，果然不出趙樂生所料，馬旺神神秘秘的站在哪兒，向大夥兒掃了一眼他惡聲惡氣地問：

「你們下去幹什麼？」

「想拆點廢料用！」有好幾個人同聲回答。

「怎麼不問一聲就拆了呢？」

「我們以為這是個死坑，大概沒問題……」

「沒問題！」馬旺擺擺手，正色道：「走吧！不過這坑裡的廢料一根也不許拿吓！」

回到坑邊，大家肚子裡都懷著鬼胎，生怕這事給馬旺看了出來。所以，連料子夠了不夠了用都忘了，只是賣力地幹，希望因為這樣而分了他的心，想不到這個問題上面去。

中午來上工之前，就有人發現小長富鬼鬼祟祟地從一號坑口爬出來，又慌慌張張的走了。

「還不是怕咱們真的拆廢料！」

「要嗎，就是馬旺叫他去封坑口！」

不過，他們都不關心這些。反正他們並沒有存心拆那坑裡的廢料。他們唯一關心的，就是今兒晚上，希望時間過得快一點。

下了坑，趙樂生和周志遠一邊挖，一邊用那些竹枝和木棒撐著上面和兩邊，但是，那些小泥塊還是不斷的落在他們的身上。周志遠挖挖，又歇下來，很熱心地找趙樂生談大貴打游擊的這件事。不過，趙樂生只是聽他說，不響。而且坑裡面太黑，那盞電石燈就像鬼火似的在跳著，所以他看不出趙樂生的臉色。

「這次我絕對要跟他走！」末了，他堅決地說。

「嗯，你應該走！」趙樂生低聲說。

「——樂生！」

就跟那晚上在鎮上一樣，趙樂生生硬地說：

「我還有娘！」

於是，他們沉默下來。但，兩個人的心裡，都覺得很煩悶。趙樂生的腦子裡，有好些問題在繞著轉。慢慢的，它們停了下來，冰冷冰冷的，連推都推不開。他不知不覺地停下手，盯著坑壁那些濕濕的泥土，有些砂石在閃著光，就因為坑下太黑，所以覺得這種光特別亮，有點耀眼。他突然掄起手上的鐵鎬，使勁地向那個發光的地方鋤下去，那些光馬上消失了，腦子裡那塊冷冰冰的東西也消失了，他莫名奇妙地笑起來。可是，他聽到好些聲音在跟著自己笑……只是那麼一霎，這種聲音又過去了。他好像在黑暗中看見他爹的臉——其實，他記不住，他兩三歲的時候他爹便死了——有點像劉鎮長，接著，又看見楊寡婦和自己的娘，她們在哭，他伸手去摸，真的，是眼淚，因為是濕的……

挨晚的時候，突然他們覺得附近的地底下發出「轟隆」一聲，山搖地動，還來不及叫，上面的木條泥土和石塊已經一起向他們的身上壓下來……

二十七

「新開的爬龍塌了！」

坑口的前面馬上圍滿了人，大家慌亂作一團。三條新爬龍塌了兩條，總共壓了五個人。換班上來休息的窯工證明一號坑先發出「轟隆」一聲，爬龍才塌的。因為那個坑口還冒著火藥氣。接著，他們又大聲的向其他的窯工說，材料不夠了，上面又不肯發，不然，也不致於發生這種事情。可是，還沒等他們把話說完，馬旺和排長同志帶著十幾個兵趕過來，連問都不問，便把他們縛起來，押走了。

「今天一早，我就看見他們鬼鬼祟祟的在一號坑裡頭搞鬼，問他們，他們說要拆什麼廢料！他娘的，全是鬼話！」馬旺叉著手，向其他的那些窯工說：「這都是他們計劃好的，反動！要破壞礦山！」

這時，樂生奶奶從人堆裡擠出來，她的面色蒼白得怕人，張口結舌地在發抖，她昏昏迷迷地望望大家，然後楞在哪兒，瞪著那兩個塌了的坑口。

有好些熱心的漢子大著膽子爬下去，救救看。邊上那個坑，因為靠一號坑口太近，從坑腰塌了，而趙樂生和周志遠的坑口呢，上來的人說塌得不太厲害，而且還有點聲音。於是也不管馬旺他們反不反對，點起火把，大家開始連夜下去把人挖出來。

而樂生奶奶，她只靜靜地和那些站在旁邊看的人坐在一邊，天黑下來了，誰也沒注意她。差不多挖了兩個鐘頭，才聽到下面有聲音傳上來。

「挖到人囉！」

「挖到人囉！」樂生奶奶也跟著唸，然後又跟著大家擁到坑邊去。她麻木地望望身邊那幾個在痛哭的娘兒們，好像覺得很奇怪，但，跟著她又給人家推開了。「大家讓開點，這是救人呀！」有個漢子在嚷著。

「好啦！拖！」坑下又叫起來。「快點拖！」

於是在上面的人連忙去搖木輪子上的拉索，將人從坑底下拖上來。當索子拖上一段，大家的心便緊一緊，上一段，又緊一緊。到了最後，連氣都不敢喘了，大家只是死死的盯住坑口。跟著，一個混身泥污的人給縛在一塊木板上拉出來了。

大家發狂的圍攏去。

「啊！是周志遠！」

「還活著呢……」

「——他的腿壓壞了！」

剛才叫喚的那個漢子又在將那些看熱鬧的人推開，好讓人將受傷的抬回宿舍裡去。人抬走後，他們又將那塊長木板放下坑去，好將趙樂生拉出來，現在，大家都靜下來了，一心一意地在等那塊木板再拖上來。樂生奶奶剛才追過去，看看抬走的人是不是自己的兒子。現在她又跑回來，坐在她原先的地方，呆呆地望著。她的眼睛張得老大老大，不過，顯然是很疲倦了，她臉上的皺紋也像是結了起來，她那兩片發烏的嘴唇皮，在微微地顫抖著；她的手，抓著自己的膝蓋，好像要想抓牢點什麼。

約莫過了十來分鐘，第二個人又被拉上來了。下坑去救人的窯工跟著爬出坑口，用手拐去抹抹臉上的泥水，望著木板上的趙樂生搖搖頭。

「他早就完了！」他說。

樂生奶奶又擠進人堆裡來，彷彿害怕會驚醒那平躺在木板上的人似的，她輕手輕腳的走過去，在兒子的身邊跪下來，定定地望著。然後，她露出一點奇怪的笑容。用那枯瘦的手指去抹開趙樂生臉上的泥土……

有些窯工忍不住哭了。大家又慢慢的走開。但，誰都不去驚動她，就讓她一個人留在哪兒。插在坑口的那一根火把滅了，還留著一點紅光，再過一會，連這點微弱的紅光都熄掉了。

二十八

當這個消息傳到大發店的時候，正巧政委和馬必正都在哪兒，他們正在商議著明天鬥包家的計劃。

「死傷了幾個？」政委斜了馬村長一眼，向報信的那個人問。

「一共五……五個。」那個人喘著氣回答：「三個還埋在坑裡頭吓，大概是完了！挖出來兩個，一個是周志遠，斷……斷了腿——快了！呃，還有那個趙樂生，頭都給壓扁了哇！」

楊寡婦一聽到趙樂生的名字，便突然眼前發黑，昏昏沉沉地摸著凳子在屋角上坐下來。不過，她的眼睛卻盯著那「挨刀的」。心裡頭空空蕩蕩的，不知道要想什麼才好。

那個人接著又說：

「馬隊長（指馬旺）今天一早就看見他們十幾個人鬼鬼祟祟的在一號坑裡面搞鬼！後來下晚就……塌了吓！他說他們一定是故意把坑挖塌的，要破壞礦山！現在，都——給抓起來了！」

馬村長冷冷地笑起來了。

「妳妹子的！這下妳總笑不出聲音來了吧！」他心裡這樣說，可是並沒有回轉身去看楊寡婦。

「我早就說他們靠不住！靠不住……」他慢吞吞地說。

政委摸摸下巴，馬上截住他的話，望著他問：

「聽說一號坑那邊，不是早就沒有煤了嗎？」

「哦，」馬村長楞了楞，立刻接著說：「那是先，先前！現在又探——探出來了！說是還多得很吶！」

「有這回事？」政委自言自語地低下頭。他雖然還有點不明白這「挨刀的」在翻什麼花樣，不過，他已經看出了一點——一定有問題！而且，他的心裡就早有打算，他知道在這種所謂過渡時期裡，這種人的確很有用處，依照他們自己的說法：「這是工具，是一種在建立光榮而偉大的共產主義社會後必須抛棄的工具。」

「只不過遲早而已。」於是，他抬起頭。

「那麼你是說，他們是有組織計劃的囉？」政委平靜地問。

「說不準吓！」馬村長認真地回答：「對他們講寬大，白費力氣！只要大力鎮壓！大力整肅！」他興奮起來。「——那些傢伙呀，全是他娘的蠟燭，不點不亮！最好是宰他兩個，給這些孫子看看……」

政委不響，笑著點點頭。

馬村長得意地笑了。他腦子裡在打轉，想找幾個合適的新名詞來用用，加重加重語氣。後來心一橫，給他想出了個好辦法。

「真他娘的一舉三得！」他忍不住用手板心擦擦臉，提議道：

「依我看，最好把姓包和姓劉的帶到山上去，跟那些反動份子一起鬥掉，省得以後麻煩！」他邀功地望望政委。「——合情合理哇！包家是山主，姓劉的又在包家當過帳房——他們壓迫和虐待勞動階級，而且……」他狡猾地低下聲音：「也好讓鎮上的人曉得——為了前幾天捐獻廢銅廢鐵，他們在埋怨你哇！」

政委又點頭笑笑。

「你這種作法很對，」想了想，他才謙虛地對馬村長說：「你要怎麼辦就怎麼辦，你是村長呀！你連一點主意都拿不住嗎？」

「那……」

「我只不過是站在一邊幫幫忙而已，沒有作用！以後呀，你應該自己作主。我們是講究民主的，人民選你當村長，你當然有這個權，是不是！」說著，政委微微地笑著說：「明天就看你一個人的囉！」

「我一個人？」

「我要到區政府去開會——你不敢？」

「敢，敢當然敢！」

「好了！村長同志！」政委壓下嗓門說：「得好好鬥啊！鬥掉了，包家的小姐……」

馬必正有生以來第一次難為情起來。他歪歪眉毛，擦擦臉，感激地說道：「這還不是你政委成全嗎！」

「好說好說——你替人民立了大功，我們當然支持你。不要說她只是一個漢奸，一個地主惡霸的女兒，就算她的成份再那個，也不會有問題呀！」

「嗯，是的，多謝政委……」

事情已經差不多了，馬村長在吐痰的時候，才發現楊寡婦失神地坐在屋角，古裡古怪地瞪著自己。

「你妹子的！笑吧！怎麼不笑了？」他在心裡咒。於是，他借故站起來，向政委瞟了一眼，詭譎地笑著說：

「我得走了吓！」

在轉身經過楊寡婦身邊的時候，他冷冷地給她一句：

「唷！七嫂怎麼話也不說，是不是瞌睡來啦！」說著，他又回頭衝政委做個怪相，拐了出去。

「說幹就幹！樂生哥給他害了，我也不讓這挨刀的留個全屍！」拿穩了主意，楊寡婦看著姓馬的出了門，她才立起來，向政委走過去。

「政委！」她妖媚地笑笑，說：「你累了吧！」

「呢……還好！」

「你們都商量了老半天了哇！」

政委看看她這副懶洋洋的樣子，心直發癢，他想起平常摸摸她的時候，她總是躲躲閃閃的，自己又不好意思太過份，不過，今天晚上……

「呃！今天晚上……」他裝模作樣地摸摸口袋，表示自己很忙，（他摸出大貴的那張筆據，歪著眉毛看看，又放回袋子裡去。）然後站起來，望著楊寡婦的臉，試探地說：

「今天晚上……」

楊寡婦連忙伸手推他坐下來，放蕩地坐到他的腿上。她用手圍著政委的脖子，將身體貼近他，嘟著嘴撒嬌道：

「我不要你走！」

二十九

天濛濛亮，煤山上就亂起來。

昨天晚上誰也沒好好的睡，說不出個什麼理由，只是提心吊膽的，反來覆去都睡不著。而且在半夜的時候，還隱隱約約的聽得見樂生奶奶坐在自己兒子的屍首旁邊，呼天喊地的哭聲，後來她的嗓子也啞了，聽得人心裡發麻。天快亮的時候，連聲音也聽不見了。後來起得早的順便向新坑口那邊望望，沒看見人，這才嚷起來。大家找了半天，才發現她已經跳進壓死趙樂生的那個坑裡去了。她的衣服被坑邊的竹枝子拉下一大塊。而趙樂生的屍首呢，還停在哪兒，地上那些血都發黑了。不過，他臉上和身上的泥土已經給擦得乾乾淨淨，就像睡著了一樣。

於是昨天下去救人的那個漢子，又拉了幾個人幫忙，將樂生奶奶從坑底下拉上來。就擺在她兒子的旁邊。因為爬龍是斜的，她滾下去倒滾不出什麼傷，只是衣服全扯破了，眼睛哭得泡腫，張著，嘴角結著血塊，兩隻手像是抓牢什麼似的，拳著，右邊小腳的裹布散開了，拖在一邊。

窯工們就圍著他們母子二人，直掉眼淚，有些人還在他們的前面點起香燭，拜起來。後來大家就說到昨天的事情上：有人認為材料不肯多發，就是他們存心害的；有人說一號坑先爆，新坑才塌的，只有「他們」才有炸藥。於是你一言我一語的批評起來。

「人死了，咱們別去說，」其中一個窯工叫道：「周志遠還活呀！為啥連傷都不給他看！」

「其他的，為什麼要押起來？犯什麼罪？」另一個接著說。

「咱們去問問『螞蝗』去！」

「他不說出個道理來，咱們就揍他！」

「走！」

這一吆喝，就聚上了四五十人，氣勢洶洶的向馬旺住的那間木屋子走去。在這個時候，十幾個駐紮在礦山上的解放軍已經趕了上來。

「散開！」走在前面的排長同志做著手勢，叫道：「不散就開槍啦！」

那些窯工站看，憤憤地瞪著他們，不肯動。其他剛才沒來參加的，現在都擁過來了，嚇得娘兒們直叫喚。

端槍的都上了膛，對著這些窯工圍攏來。

「散開！」

突然，人堆裡面走出一個漢子，他粗暴地嚷道：

「放了那些窯工，我們就散開！」

「哦！」排長同志拔出手槍。「——原來是你帶的頭！」

「不錯！」那漢子坦然地說：「是你老子帶的頭！你開槍吧！你不開就是雜種！」

「砰！」

槍響了起來，是朝天開的。有些膽小的窯工怯了，零零散散地退開人堆，而前面的那些卻火冒起來，可是，仍然不敢亂動。

排長同志看看情勢有了轉機，於是向左右的兵一擺手，跑上去。

「後面的散開！」他叫道：「少惹麻煩——前面的一個都不許動，動就開槍！」

跟著散的散，逃的逃，混亂起來。不管前面那些漢子怎樣硬，到底是手無寸鐵，糾纏了一陣結果全給抓起來了。

「你奶奶的！你們這些畜牲！雜種！」那個漢子一邊跳著腳掙扎，一邊罵：「——你們要張開你們的狗眼瞧著啊，老子死了也不會放過你們的！」

排長同志狠狠地刮了他兩個耳光，推著就走。

這邊才把人拖走，這邊，馬村長已經由鎮上帶著一二十個人來了。他大搖大擺地走在前面，後面跟著民兵隊的隊副小長富同志。而他們的兩邊，就是十幾個制服穿得不三不四的民兵，還拖著兩個犯人——瘦得不像人的劉鎮長和病得快要死的包家大奶奶；楊媽在扶著她。

接著，開工的大鐘便叮呀噹的敲起來。

「場子上開會，男女老幼都要去！」幾個民兵到處拉著喉嚨喊。

沒有多大會功夫，都到齊了。大家都覺得今天的事情嚴重。可是，又有點奇怪，政委為什麼沒有來？

馬村長叉著手，站在臺上，先向底下的窯工們掃了一眼（很有點政委同志的氣派），然後一句話夾三個名詞說起來，他時不時用手比劃著，換換腿，動動眉毛，激烈的時候吐沫亂飛。說了半天，歸根結底，就是說礦山是上魏的「腸子」——他以為腸子要比血管重要些——現在解放了，翻身了，一切都是人民的。說包家是漢奸，是地主惡霸，劉鎮長是國民黨的走狗，人民的公敵，而且幫過包家的兇，欺負過無產階級。總之，一句話——要「鬥他們的爭」！

可是，這次可有點例外，被鬥爭的人卻沒有拉出來，只是關在場子右邊馬旺同志的木屋子裡。

「你們說，」村長同志向臺下的人問：「——我們怎麼樣報這個仇，出這口氣！」

「分屍！」

「活埋！」

全是「那些雜種」在叫。

「看在我的面份上，饒了他們。」挨刀的獰惡地笑笑，說：「——賞他們一顆子彈，子彈我出錢買！」

場子上突然靜下來，只聽見楊媽一個人在哭。

村長同志向左右望望，然後向身邊的馬旺擺擺手。

「去拖出來！」他說。眉毛又跟著結起來。

馬旺走下臺，臺下的人都望著他向木屋子走過去，可是，等到他打開那木屋子的板門時，全嚇呆了。

誰都看得見，劉鎮長跟包家大奶奶並排的掛在屋子裡的木樑上。馬旺連門都不關，回身就跑，那張死豬肝臉都嚇青了，上氣不接下氣地跑到臺邊，吃吃地說：

「掛……掛——掛起來了哇！」

楊媽奔進那間木屋裡去，臺下的人開始亂起來。

馬村長眉毛一歪，覺得很掃興。不過，他馬上又想到後面還有十打十個……

「他妹子的！開連花砲，讓這些孫子死得威風一點！」他笑笑，向前面伸伸手。叫道：「大家不要鬧，不要鬧！」

可是，大家剛一靜下，事情又來了，小蓮姑瘋瘋癲癲地向場子上走過來，她一邊走一邊跳，嘴裡又是哼又是唱，到了臺子前面，她大聲笑起來……

「又過年了吓！」她說。然後擠到人堆裡面去，呆呆的朝上看。

「我肏他個十八代祖宗的！今天又碰到什麼鬼了！」

馬必正故意把頭撇開，窮兇極惡地喳呼起來：

「好啦——大家不許鬧！不許鬧！」

臺下的小蓮姑又笑了。

「這是啥個戲吓？」她細聲向躲開她的窯工問。

臺下的人漸漸靜下來。

「他們已經覺悟了——很好！」村長同志指指那間木屋。「替我省兩顆子彈！那麼現在，」他擦擦臉。「我們開始鬥礦山上的反動份子！呃，他們昨天炸礦坑，想統統害死你們！」

聽到這個地方，窯工們不同意馬必正這種說法。

村長同志向臺子兩邊的解放軍和民兵望望，接著說：

「不用審！他們一定受了國特的利用！」

窯工們更不安了，開始動起來。

「所以，他們就是兇手！你們應該維護人民的資產，保全你們自己的性命──鬥爭他們！」

「沒哪回事！」有人高聲喊起來。「──咱們不同意！」

「對！不同意！死也不同意！」

「我們要求放他們！」

場面馬上騷亂起來……

看見這種情形，「挨刀的」也有點慌了，他一手按在腰帶上，眉毛也止不住亂跳。不過，他相信只要有槍，一定壓得下來的。於是，他大聲大氣地喊：

「誰再鬧，老子就槍斃誰！」沒人理他。

「我肏他們個親姐姐的，不給點顏色他們看，他們不知道厲害！」村長突然火了，馬上向已經回過魂來的「螞蝗」歪歪嘴，吩咐道：

「去！把那些孫子統統帶上來！」

「是！」馬旺的膽子跟著也壯了。

「連那個姓周的雜種一起，」村長同志再補上一句：「──還有剛才逮的！」

但，「抓著鷄毛當令箭的」才轉身──一點兒也不差，才那麼扭一下，村長同志說的「鬼」果然來了。

全場子的人都立刻回轉頭，被押起來的十幾個窯工從那兩班解放軍駐紮的大草房裡，一步一步地向臺子跨過來，大貴手上抓著一桿槍——那個衞兵的——走在最前面。

昨天晚上，大貴真的到賭鬼曾得海的小草房裡來了，可是不見人。起先還以為在窯裡加班，誰知道等到天亮還不見回來。他知道準是出了岔，所以他索性躲在裡面不走，看看究竟發生了什麼事情。後來大家都去開會了，他才借著機會溜出來瞧瞧，結果呢，他一棍子打昏了那個衞兵，就帶著關在裡面的這十幾個窯工，向場子上跑過來。

「橫豎都是死，乾脆拚他奶奶的個把，幫幫老本！」他下定了決心。

現在，場子上的人更加激動了，站在場子邊的解放軍和民兵都退到後面，連手上抓著毛瑟槍的村長同志都惶亂起來了，一時不知道叫他們開槍好，還是怎麼樣好。就在這個時候，大貴已經快要走到了，他厲聲指著他叫：

「姓馬的！你別想走！」

這句話出口，全場子人就像瘋了似的，轉身向臺子那邊衝過去。

「別放這傢伙走！」

「逮住他！逮住他！」

大家一邊衝，一邊吼叫……

槍砰砰嘭嘭的響了。可是，才響了幾聲，雙方的人就挨了身，拚死拚活地纏鬥起來。連娘兒們都上去幫手，沒打到人的就用腳去踢那些給打死了的匪兵，唾他們口水，撕他們的衣服……

而誰也沒有注意，小蓮姑一個人悄悄的走開了，她沒頭沒腦地向坑口那邊走過去……

「是大貴！是大貴！」她清清醒醒地唸著：「是啊！大貴沒有死，他回來報仇了！他回來報仇了！」

她邊走邊笑起來。她又開始回想以前曾經想過的事情——她跟大貴兩個人的，還有肚子裡的孩子。當她走近吊井的旁邊時，她回頭向場子上看看，然後堅決地說：

「大貴，我太髒，我不能跟你。」她向那黑沉沉的坑底看了看，閉起眼睛說：「——我走了，莫怪我吓！」

她笑著跳下去。

三十

現在，場子上已經完全靜下來了；滿地都是死屍。那些受傷的在哼氣，家眷們圍在旁邊輕輕的哭；其他的漢子們坐的坐站的站，大家都望著馬路那邊，不想說話。剛才這一場架，打得挺結實，雖然窯工也有死傷，不過「他們」呢，只讓他們逃掉兩三個人——那些腿長跑得快的。其餘的都給打死光了。而且，才幹了三個多月的上魏村長馬必正同志和他那幾個得力的手下，已經給吊在臺子上——打死了再吊的。「挨刀的」給打得混身是血，嘴巴也打爛了，像豬嘴一樣腫起來，眼睛，還是一大一小的歪著，另外那條好的腿，大概也給打斷了；如果這個時候他能夠了下來走路，一定會走得端端正正，因為兩條都跛了，長短也許會一樣。他的左右，就是那隻饑壞了的老鼠小長富、和死豬肝臉馬旺，一肥一瘦的，看了就觸眼睛。臺腳邊，就是那位排長同志，沒吊起來，因為怕臺子上的大樑給馬旺偷工減料，承不住。

沉默了好久好久，大貴才輕輕的說。眼睛還望著那條彎到小崗上的馬路。

「他們等會就要來了！」

「咱們總得想個法呀！難道這樣等死！」賭鬼接著嚷起來：「他們來了，咱們一個也別想活！」

「大貴！咱們跟你走！」

「家眷們呢！怎麼走？」

大家沉默下來，互相望望，又看看前面的馬路。

停了停，剛才帶頭要找馬旺算帳的漢子突然叫道：

「事情已經這樣，也顧不得許多了！還是叫大家一起來商量商量，想個主意，要不然，這總不是辦法呀！」

「好吧！」

於是活著的人都一個個圍攏來。商量結果，還是想不出個兩全的辦法。因為如果要走，這一兩百人，無論如何也不能全部走的，留下吧，就算他們不馬上殺，也只不過叫你賣完了命，再像趙樂生那樣死罷了。

「那麼，咱們就這樣等嗎？」

一位年紀大的窯工激憤地喊起來：

「不！我贊成能走的就走！」

「老爹，不能走的又怎麼辦？」另外一個人馬上截住他的話：「就讓那些八路來一個個的宰！」

「笑話，」老窯工笑起來，嚴肅地說：「既然是不能走！既然是死定了！咱們就得想個死的舒服，死得划算的方法……」

「……」所有的人都入神地望著他。

「這個山，」他繼續說：「就算咱們全走掉，共產黨還是要來開的，只不過另外拉幾百個人來給他們賣命就是了！我的意思，」他望了望周圍的人，眼淚已經流了下來。「——咱們離鄉背井的逃出來，是為什麼？為了等死？」

「……」

「不是！好……」他點點頭。「那麼……」

而正當他繼續說下去的時候，馬路那邊有人跑著來了。大貴他們馬上抓起那些雜種的槍，要其他的人散開。

「咦！只有一個人——是個女人呀！」

「等她過來！」

於是他們又站出來，等到那個人走近，才看出來是楊寡婦。

「她跑來幹什麼?準有鬼!」有些人說。

楊寡婦跑到了。她看見場子上這種樣子,臉都嚇白了,後來氣息稍為定了定,看見大家都有點不自然地望著自己,她才急急地說:

「他們在後面開上山來了!橋頭那邊調來的——有百把人!我一聽見,就腳都不停,上來給你們報信!」她突然張著眼睛,叫起來:「啊——你是大貴哥吓!啊……天保佑天保佑——你爹……」這個時候她才看見臺子上的馬必正和那已經解了下來,停放在木屋子前面的劉鎮長和包家大奶奶。她掩著嘴嗄聲喊道:「天啊——他們都………」

大貴咬緊牙齒,傲然地昂著頭。

剛才給楊寡婦來打斷了話的老窯工現在又伸伸手,大聲說:

「現在,沒有時間再磨菇了!我說年輕的能走就走——而且還有二十多支槍!那些不能走留下來的,大家就痛痛快快的死在一道,將礦坑全給它炸了,不要給他們留下,讓這些喪盡天良的畜牲再拿它來害咱們自己人!」說完,他忍不住哭出聲音來。「我,我老了,我願意留下——我的小順,昨天挨晚就跟樂生他們下去了……」

年輕的人一時很為難,說不出口。可是那些年紀大的和娘兒們都舉手喊起來:

「咱們留下!」他們向那些年輕的催促道:「快一點吧!不然來不及了!」

於是，大家互相望望，就好像其中有些是自己的親戚朋友，決定出門幾天似的，非但不覺得難過，反而有點奇怪的感覺。接著搬炸藥的搬炸藥，搬屍首的搬屍首——除了「他們」，其餘的統統抬進坑裡去——叮囑的叮囑，話別的話別，大家連哭都忘了，只是定定地望著，望著，希望大家能夠了永遠記著，相貌和名字——像記著自己一樣。

當大貴他們走去搬周志遠的時候，他很清醒，聽完他們吞吞吐吐的話，他很開心地笑起來。

「太好了，太好了！假如剛才我的腿能動，我也幹他奶奶的幾個，而且，我還能夠了跟你們一起走！」說著，他的眼睛灰暗下來。

「讓我揹你算了！」賭鬼突然說：「我還欠你的賭債呢！」

周志遠笑笑，但很疲乏了，他安靜地說：

「就抬我到那個新坑裡去，跟樂生在一起！」

等到那些不能走和不願意走的窯工和他們的家眷下完了坑，在坑裡面裝好了炸藥，接好火線：大貴這一夥四五十人才帶著十來個半大不小的娃兒向山那邊逃。因為楊寡婦害怕躭誤了他們的時間，所以她要求替他們點炸藥。

「你們走你們的吧！他們快到了！」她將身上的錢和金飾交給大貴收下之後，她催促道：「你們快走吧——我懂的，點燃了我就跑！」

當大貴他們才走不遠，而政委他們快要到的時候，煤坑裡面的火藥爆炸了，泥土抛了半天高，使整個上魏都搖動起來。……

從此以後，煤山這個名詞也許就跟包家屯一樣，很少有人再提起了。不過，在地層下，卻永遠埋藏著一種發光和發熱的東西，永遠照耀和溫暖著所有生活在黑暗而寒冷的地層下的人。

這個時候，楊寡婦又跟上煤山來的時候一樣，匆匆的往回走。她含著眼淚不斷的向自己說：

「我不能死，我一定要回鎮上去，收拾他們！」

民國三十八年九月初稿
民國四十年三月改寫

潘壘全集05　PG1144

新銳文創
INDEPENDENT & UNIQUE

黑色地平線

作　　者	潘　壘
責任編輯	黃大奎
圖文排版	周妤靜
封面設計	陳佩蓉
出版策劃	新銳文創
發 行 人	宋政坤
法律顧問	毛國樑　律師
製作發行	秀威資訊科技股份有限公司 114 台北市內湖區瑞光路76巷65號1樓 電話：+886-2-2796-3638　傳真：+886-2-2796-1377 服務信箱：service@showwe.com.tw http://www.showwe.com.tw
郵政劃撥	19563868　戶名：秀威資訊科技股份有限公司
展售門市	國家書店【松江門市】 104 台北市中山區松江路209號1樓 電話：+886-2-2518-0207　傳真：+886-2-2518-0778
網路訂購	秀威網路書店：http://www.bodbooks.com.tw 國家網路書店：http://www.govbooks.com.tw
出版日期	2014年10月　BOD一版
定　　價	300元

國家圖書館出版品預行編目

黑色地平線 / 潘壘著. -- 一版. -- 臺北市 : 新銳文創,
2014.10
面； 公分. -- (潘壘全集 ; PG1144)
BOD版
ISBN 978-986-5716-18-9 (平裝)

857.7 103011366

讀者回函卡

感謝您購買本書，為提升服務品質，請填妥以下資料，將讀者回函卡直接寄回或傳真本公司，收到您的寶貴意見後，我們會收藏記錄及檢討，謝謝！

如您需要了解本公司最新出版書目、購書優惠或企劃活動，歡迎您上網查詢或下載相關資料：http:// www.showwe.com.tw

您購買的書名：________________________________

出生日期：________年________月________日

學歷：□高中(含)以下　□大專　□研究所(含)以上

職業：□製造業　□金融業　□資訊業　□軍警　□傳播業　□自由業

□服務業　□公務員　□教職　□學生　□家管　□其它_____

購書地點：□網路書店　□實體書店　□書展　□郵購　□贈閱　□其他

您從何得知本書的消息？

□網路書店　□實體書店　□網路搜尋　□電子報　□書訊　□雜誌

□傳播媒體　□親友推薦　□網站推薦　□部落格　□其他__________

您對本書的評價：(請填代號　1.非常滿意　2.滿意　3.尚可　4.再改進)

封面設計____　版面編排____　內容____　文／譯筆____　價格____

讀完書後您覺得：

□很有收穫　□有收穫　□收穫不多　□沒收穫

對我們的建議：________________________________

____

____

____

請貼
郵票

11466
台北市內湖區瑞光路 76 巷 65 號 1 樓

秀威資訊科技股份有限公司 收

BOD 數位出版事業部

....

（請沿線對折寄回，謝謝！）

姓　　名：＿＿＿＿＿＿＿＿　年齡：＿＿＿＿　性別：□女　□男

郵遞區號：□□□□□

地　　址：＿＿＿＿＿＿＿＿＿＿＿＿＿＿＿＿＿＿＿＿

聯絡電話：(日)＿＿＿＿＿＿＿＿＿＿(夜)＿＿＿＿＿＿＿＿＿＿

E-mail：＿＿＿＿＿＿＿＿＿＿＿＿＿＿＿＿＿＿＿＿